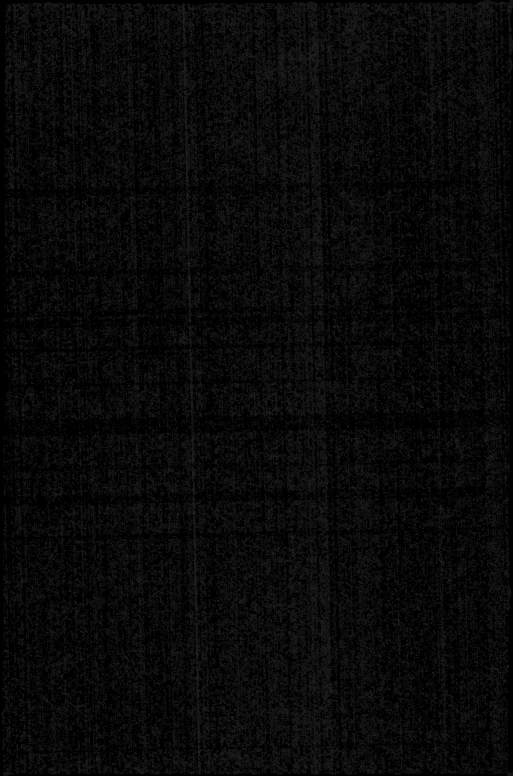

中世ヨーロッパの修道士とその生活

HOW TO LIVE LIKE A MONK

Medieval Wisdom for Modern Life

ダニエル・サブルスキー
Danièle Cybulskie
元村まゆ【訳】

原書房

目次

序章

規則に従って《アド・レギュラム》

初心者のために記したこの最も控えめな戒律をキリストの助けを借りて実行に移しなさい。そうすれば……最後には……教えと徳のもっとも高い頂に到達するでしょう。

ヌルシアのベネディクト『聖ベネディクトの戒律』（古田暁訳）

本書の構想を練り始めたのは、新型コロナウィルスが世界的に蔓延《まんえん》し、多くの人が一時的にせよ、修道士のような生活を余儀なくされるずっと前だった。それでも、あのパンデミックがもたらした社会的孤立によって、より明確になったことがある。それは、修道士的な生き方が、過去二〇〇〇年間にわたって多くの人の心を惹きつけてきた理由と、西暦五〇〇年から一五〇〇年頃にかけて約一〇〇〇年間続いた中世という時代に、なぜ――そして、どのように――機能したかということだ。

のちにキリスト教の修道生活へと進化する生き方を実践した最古の人間は、古代後期の砂漠の隠修士である。彼らは持てる時間をすべて瞑想《めいそう》にあてるため、可能な限り俗世間から離れた。伝記によると、こうした隠修士は、自身が純粋で高潔と信じる人生を生きるために、悪魔の力と懸命に戦った。その結果、多くの人から敬虔《けいけん》さの極みとして崇《あが》められ、その中には聖アントニウスのように、聖人の地位を得た者もいる。

けれども、二〇二〇年のパンデミックによる孤立状態から多くの人が学んだように、ひとりきりでいると、誘惑にあらがうのは難しくなる。サワードウブレッド［サワードウと呼ばれる天然酵母から作る伝統的なパン］をお腹いっぱい食べたいという暴食への誘惑から、ネットフリックスの

隠修士の中には、聖アントニウス（左側の人物。右は聖ジェローム）のようにひとりでも崇高な生活を送れる者もいたが、誘惑を回避しやすくするために修道士の共同体がつくられた。
『アルモガバルスの時禱書 *Almugavar Hours*』、fol. 276v, 1510～20年頃（一部）
ウォルターズ美術館、ボルティモア; W.420

ドラマをだらだら見ていたいという怠惰《たいだ》への誘惑まで［暴食も怠惰もキリスト教の「七つの大罪」に含まれる］、きちんとした生活がしたいという願いがどれほど強く、深くても、ひとりではその決意を守り通すのがいかに難しいかを、私たちは再認識した。

初期のキリスト教徒（それ以前またはそれ以後の他の宗教の信者も同じだが）は、さまざまな誘惑に対しては、ひとりより大勢のほうがあらがいやすいと気づいた。それで、正しい道を進みたいという願いはあるが、その道を極限まで追求するには他者の手助けや支援を必要とする人々の共同体をつくり始めた。つまり、ともに隠修士として生きる道を選択したのだ。こうして、最初のキリスト教修道院が誕生した。

二〇〇〇年近くの年月の間に、修道生活の様相は変化した。それは、何十人、ときには何百人の集団が、ともに隠修士として、罪を犯すことなく生きようとする過程で生じる課題に、個々の修道士、共同体、さらには教皇が取り組んできた結果である。そして、その象徴と言えるのが中世ヨーロッパの修道生活だ。そのため、本書では修道士のように生きる方法を探る上で、この時代の修道士と修道女に焦点を当てていきたい。

もしあなたが修道士の共同体に身を投じ、全身全霊で神の意志に仕えたいと考えているなら、本書はあなた向きの本ではないかもしれない。それでも、現在多くの人が人生に平安、簡素さ、目的を求めているが、それは修道士たちが道を歩む際に拠《よ》りどころとした原則であるのは間違いない。だから、修道士としてではなく、修道士のように生きたいと思う人は、本書を読んで中世ヨーロッパの修道士の生き方を学んでほしい。それは、あなた自身の目標や価値観に合った規則を定め、規則に従って《アド・レギュラム》生きていく参考になるはずだ。

修道士について

ひとりで滑りやすい道を行くと、たちまち滑って倒れるだろう。多くの人とともに、手を取りあって進むなら、誰かが滑りだしたとしても、倒れる前に隣人が引き起こしてくれる。疲れたときも、たがいに支え合える。

『隠遁者の戒律 *The Ancren Riwle*』

修道士のように生きたいかどうか判断する前に、修道士とはどんなものかをはっきりさせておくほうが賢明だろう。[1] 中世世界にはさまざまなタイプの聖職者が存在したが、基本的には二種類に分類される。ひとつは在俗聖職者（secular clergy）で、修道院の外の地域社会で仕事をした。これには司祭、牧師、司教が含まれ、他にも書記や写本筆写者のように世俗的な（つまり、宗教的でない）仕事をする聖職者もいた。もうひとつは修道院で戒律に従って生活する修道聖職者（regular clergy）である（「戒律（rule）」の語源はラテン語で「規則」の意を表す「regula」）。通常は修道士や修道女のように、閉鎖的な共同体で暮らす人々を指したが、放浪しながら布教を行い、施《ほどこ》しを受ける托鉢《たくはつ》修道士も含まれた。托鉢修道会にはフランシスコ修道会やドミニコ修道会、アウグスチノ修道会などが含まれる。ロビン・フッドの物語に登場するタック修道士は、剃髪《ていはつ》（トンスラ）して修道服を身につけ、托鉢しているが、俗世間に住み、世を捨ててはいない。従って、彼は修道士ではない。テンプル騎士団やホスピタル騎士団のような武装集団のメンバーも、誓願を立てて戒律に従ってはいたが、修道士とはみなされていなかった。とはいえ、これらは言葉上の区別であり、多くの托鉢修道士が人生の大部分——すべてではないにしろ——の時間を世間ではなく閉鎖的な世界で過ごしていた。これからイギリスのアウグスチノ修道会の史料をもとに詳細な情報を紹介するので、修道院の塀の中で生きることを選択した修道士たちの生活がどんなものであったかが明らかになるだろう。

その閉鎖的な共同体の中で、修道士と修道女は戒律に従って生活していた。戒律では、祈りを捧げる時間から食事の時間、手に負えない修道士をしつける方法まで、ありとあらゆることが規定されていた。また、清貧、貞潔、服従という守るべき三つの基本原則があった。中世の大部分の修道士が従っていたのは、六世紀イタリアのモンテカッシーノの修道院長ヌルシアのベネディクトによって書かれた「聖ベネディクトの戒律」で、これはカール大帝（七四七～八一四年頃）の時代を通して、修道生活の黄金律として広く普及した。この戒律に厳密に従ったのはベネディクト修道会だが、シトー修道会やクリュニー修道会のように、多少修正を加えながら従った修道会も存在した。

今日「修道院（monastery）」という言葉は、男子修道士が所属する修道院だけに使われるが、中世では修道士と修道女が属する修道院のどちらにも使われていた。実際、中世ヨーロッパには、リチャード獅子心王とその母アリエノール・ダキテーヌの永眠の地として有名なフランスのフォントヴロー修道院のように、ひとりの修道院長の監督のもと、同じ敷地内に修道士と修道女が暮らす共同体――もちろん住居は分かれているが――も珍しくなかった。

修道士と修道女は、基本的には同じ戒律に従ったが、いくつか例外もあった。例えば、どれほど高潔な修道女でも、司祭への叙階は許可されなかった。つまり、女子修道院でミサ、説教、告解を執り行うには、定期的な司祭の訪問を必要とした。

本書では、簡潔にするために、本来は男子のみを指す「修道士」「修道院」という言葉を用いるが、修道女の共同体も同様の生活を送っていたことを心に留めておいていただきたい。

修道士になる理由

修道会へ入る理由はたくさんある……きわめて多くの者はほかの人の働きかけで、つまり勧められたり、祈りの力によったり、修道生活を手本としたりして入会する。

ハイスターバッハのカエサリウス、『奇跡についての対話』（丑田弘忍訳）

大衆文化の影響を受けて、修道士になる道はふたつしかなかったと思いこんでいる人が多い。きわめて信心深いか、家を継ぐ長男でないために教会に献じられたかだ。だが、実際には、修道院に入るにはさまざまな道があった。

中世において、教会は少年たち――特に、家庭教師を雇えるほど豊かでない家の子供――に教育を授ける場所だった。正規の教育を受けた子供は、成長すると宗教関係の職に就いたり、医者や法律家のような世俗的な職に就いたりして、安定した収入が得られた。子供を修道院に送りこむというと、今日のメディアは儀式のいけにえに差し出すように考えがちだが、決してそうではない。子供をいけにえに差し出す親は神の恵みを期待した（確かに、来世での幸運を損なうことはないだろう）のだろうが、実際には、親は子供に教育を授けて、現世で身を立てる機会を得られるよう願ったのだ。生きるために修道院に献じられた少年は「修道生活献身者《オブラーテ》」と呼ばれた。

オブラーテは長年にわたり修道院の慣習として行われていたが、修道院が子供を受け入れることに誰もが賛同したわけではなかった。子供は真面目にふるまうべきときも騒いだり、物を壊したり、ふざけたりする。また、かなりの注意と世話を要するため、修道士は宗教上の仕事をする時間を奪われてしまう。さらに、子供が自分で決断できる年齢に達する前に修道生活に入れるのはどうかと危惧《きぐ》する人もいた。それで、最終的に、オブラーテは必ずしも十代後半に誓願を立てる必要はなく、本人が望んだ場合は修道院を出てもよいと正式に決定された。修道

修道院では修道女も教育を受けた。未亡人となった多くの高貴な女性が修道院で余生を送ったが、その目的のひとつは読書や勉学を続けることだった。
『祈禱書　*Prayer book*』、fol. 26v, 16世紀初頭（一部）
ウォルターズ美術館、ボルティモア; W.432

院に入る（一時的にせよ、生涯にわたってにせよ）子供にはさまざまな事情があった。例えば、親に子供を養育する資力も能力もなかったため、修道院で育ててもらえるよう、名前も告げずに門前に置き去りにされる者もいた。例外的なケースとしては、イングランドのエドワード一世の娘メアリーがいる。彼女は六歳で祖母にあたるエリナー・オブ・プロヴァンスの供をして女子修道院に入った。[2]

修道院で読み書き等の教育を受けられることは、成人であっても誓願を立てる正当な理由となった。エリナー・オブ・プロヴァンスのように、未亡人になった多くの教養ある婦人が、同じ考え方の女性たちと読書や勉学をして日々を過ごすために修道院や女子修道院に隠遁した。同様に、修道院で余生を過ごすことを望む男性も少なくなかった。それなりに快適な環境で、死を迎える前に神との関係を見つめ直す機会を得たいと考えたのだ。あるいは、深刻な罪を犯し、それを償うために誓願を立てる人もいれば、罪に対する処罰を避けるために庇護を求めて修道院に逃げこみ、はからずも修道士の共同体に加わる者もいた。庇護を求めてやってきた者は、許可がないと修道院の外へは一歩も出ることができなかった。許可なく出た者はただちに追放され、窃盗、強姦、殺人で有罪判決が出れば極刑に処せられた。ロンドンのウエストミンスター寺院のような都会の修道院は、当時はしばしば意図せぬまま犯罪者の仲間を抱えることになった。彼らは修道院に入る（平修士であれ正式な修道士であれ）しか道はなかった。さもないと、死刑か追放が待っていたのだ。[3]

もちろん、心から信仰に身を献げたいと願って修道士の誓願を立てる者もいた。読者にとっては面白味がないかもしれないが、ハイスターバッハのカエサリウスが示唆したように、ヨーロッパの修道士の共同体では、そうした人が多数を占めていた。中世の神学は、神に仕える最善の方法は修道士や修道女になり、あらゆる肉体的な喜びや世俗的野心を捨て去って、神への奉仕に人生を捧げることだと説いた。厳格な戒律に従って生きることは決して簡単ではなかったが、だからこそ称賛に値する、途方もない愛と献身の行動なのである。

修道士になるまで

修練士は、第一に神のために、誠実な心を持って夜の寝ずの番、修道院の単調な生活、聖歌隊での継続的な奉仕、長時間にわたる沈黙、規則の厳しさや修道院での厳格さ、さまざまな個性を持つ同胞に耐えられたなら……一年の終わりに信仰告白の許可が与えられる。

バーンウェル修道院の『遵守事項 *Observances*』

修道生活では多くのこと——とりわけ謙虚さ、忍耐、勤勉さ——が求められたので、人々は誓願を立てる前に試用期間（修練期間）を経る必要があった。多くの場合、この試用期間は一年で、その間は他の修道士と同じように生活しなければならないが、本人が望めば修道院を去る自由が与えられていた。

修道院に入る際には、身につけていた服と靴を差し出し（後で気が変わった場合に備えて取り置かれる）、修道服を身につける。修練士に課される義務は、誓願を立てた修道士ほど厳しくはなく、衣服も多少着心地のよいものが与えられた。修道士の気が散るのを最小限に抑えるために、修練士はできるだけ修道士と離れて生活し、参事会集会所（チャプターハウス）で毎日行われる修道院の運営に関する話し合いにも参加は許されなかった。

修練士にはそれぞれ指導係が付き、祈禱《きとう》（ラテン語）、聖歌、修道院の規則を教えた。幸い、アウグスチノ修道会に属するイングランドのバーンウェル修道院の修道士が、修道院の日常生活について詳細な記録を残してくれているので、修練士に課された訓練に関する記述を読むと、修練士は重要なこととして何を学んでいたのかがうかがえる。[4] バーンウェル修道院では、まず基本的な動作から教えている。

> 指導者はまず修練士に、起立時と着座時の修道衣《ハビット》の扱い方を教える。次に、十字を切るとき、両手が膝につくほど深くおじぎをする方法を教え、おじぎをするときはいつも、両手で修道衣を押さえ、胸の前で十字を切る方法を教える。三番目に、指導係は修練士に、修道衣で両目を覆う方法を教える。[5]

この引用文が示す通り、修道生活とは、単に祈禱文を覚えればすむものではなく、新米修道士にとっては、すべてが儀式と規則で構成された世界に身を投じることを意味した。一生を修道院に捧げるとは、こうした動作を来る日も来る日も一日中繰り返す生き方を受け入れることだったのだ。

修練士は誓願を立てる日の前夜、あるいは数夜を、ほぼ孤独の中で祈りを捧げながら、自分の決断を熟考しながら過ごす。一度誓願を立てたら、滅多なことでは取り消せないからだ。この期間、修練士はたいてい頭巾をかぶり、礼拝中も聖歌隊の後ろに身を隠していた。

誓願を立てるとき、修練士は何ごとにおいても――たとえ同意できなくても――ひたすら修道院長に服従し、その後の人生を通して清貧と貞潔の誓いを守ると宣言する。さらに、この誓いを文書に書いて署名するが、読み書きができない者は代わりに印を使った。次に、頭巾を脱ぎ、トンスラ（修道士が頭頂部の頭髪を剃ること）を行い、修道士全員と平和の挨拶（キス）を交わし、聖体拝領［イエスの体を表すパンと血を表すワインを食する儀式］をすませると、正式に修道士として迎え入れられる。そのときから新参修道士は、どんな困難や疑念に襲われようとも、心も魂も神に捧げねばならず、その世界は、石塀に囲まれたいくつかの建物に限定される。

修道院について

修道院は、もし可能ならば、そのうちにすべて必要なもの、例えば、水、製粉所、菜園があり、また諸々の手作業がそこでできるように建てられなければなりません。こうして修道士が外を歩き回る必要がないようにします。徘徊《はいかい》することは、修道士の霊魂にとってまったく益のないことだからです。

ヌルシアのベネディクト、『聖ベネディクトの戒律』（古田暁訳）

私たちは、修道士の生活とはひたすら祈りを捧げるものと思いこんでいるので、彼らの活動範囲は教会の四方の塀に囲まれた部分より大きいと言われても想像しがたいかもしれない。しかし、修道院がどうやって自給自足していたかを考えてみれば、必要な建物のリストはかなり長くなる。

たいていの修道院の敷地は、修道士が生活し、労働し、礼拝を行い、生きるのに必要な食べ物を作れるだけの広さがあった。食料を地域の人々との取引や小作人に頼っている修道院もあったが、できるだけ自給自足すべきと考えている修道院も多く（シトー修道会など）、そうなると耕作や作業が行える広いスペースが必要だった。

すべての修道院に共通する基本的な建物は、教会、共同寝室、食堂だ。簡素な二階建ての建物の一階に食堂、二階に共同寝室というふうに、ひとつの建物に共同寝室と食堂が配されている場合もあった。聖ベネディクトは、修道士全員が同じ細長い部屋で眠る状況を想定していたようだが、中世では時代が下るにつれて、修道士たちは個室を持つことが多くなった。それでも、隠れて罪を犯すのを防ぐために、部屋のドアには鍵をかけないよう指示されていた。[6]

現代人の多くは、中世の習慣には衛生面からは不十分なものが多いと思っているが、それはまったく事実に反する。それはともかくとして、聖職者であっても用は足さねばならない。そのため、多くの修道院では共同寝室に隣接してトイレが作られ、排泄物を水で流すシステムを備えているところもあった。ただし、修道院の生活のほとんどがそうであるように、トイレの使用もプライバシーが守られているとは言いがたかった。トイレは個室ではなく、修道士は並んだ穴を使って生理的欲求を満たした。しかしながら、肉体は誘惑的で罪深いものと考えられていたため、修道士は可能な限り肉体を隠すべきとされており、トイレを使う間も頭巾で頭を覆っていた。

修道院にはこうした必須の衛生施設の他に、浴室も設けられていた。聖ベネディクトが入浴は人を穏やかにすると信じていたため、『聖ベネディクトの戒律』では入浴を必要なものとして、渋々ながら許可している。病気の修道士のみ、回復を早めるために頻繁に入浴を許されたが、それ以外の修道士は決められた日にしか入浴できなかった。また、聖ベネディクトは、若者と老人は一緒に入浴すべきでないと定めているが、これはおそらく、老人にとって若者は目の毒だからだろう。体を洗うのは浴室だけに制限されてはいなかった。修道士には起床時、食

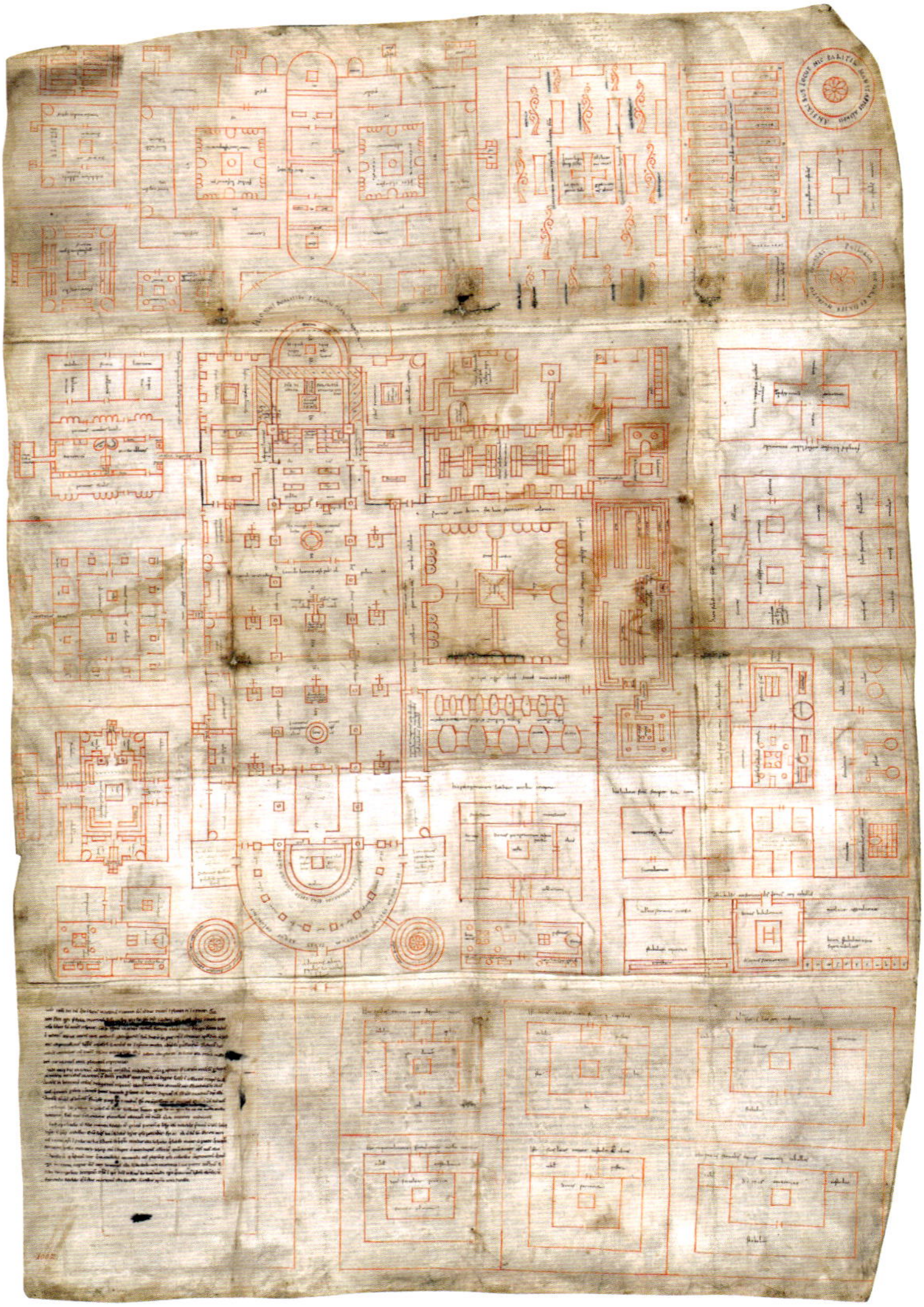

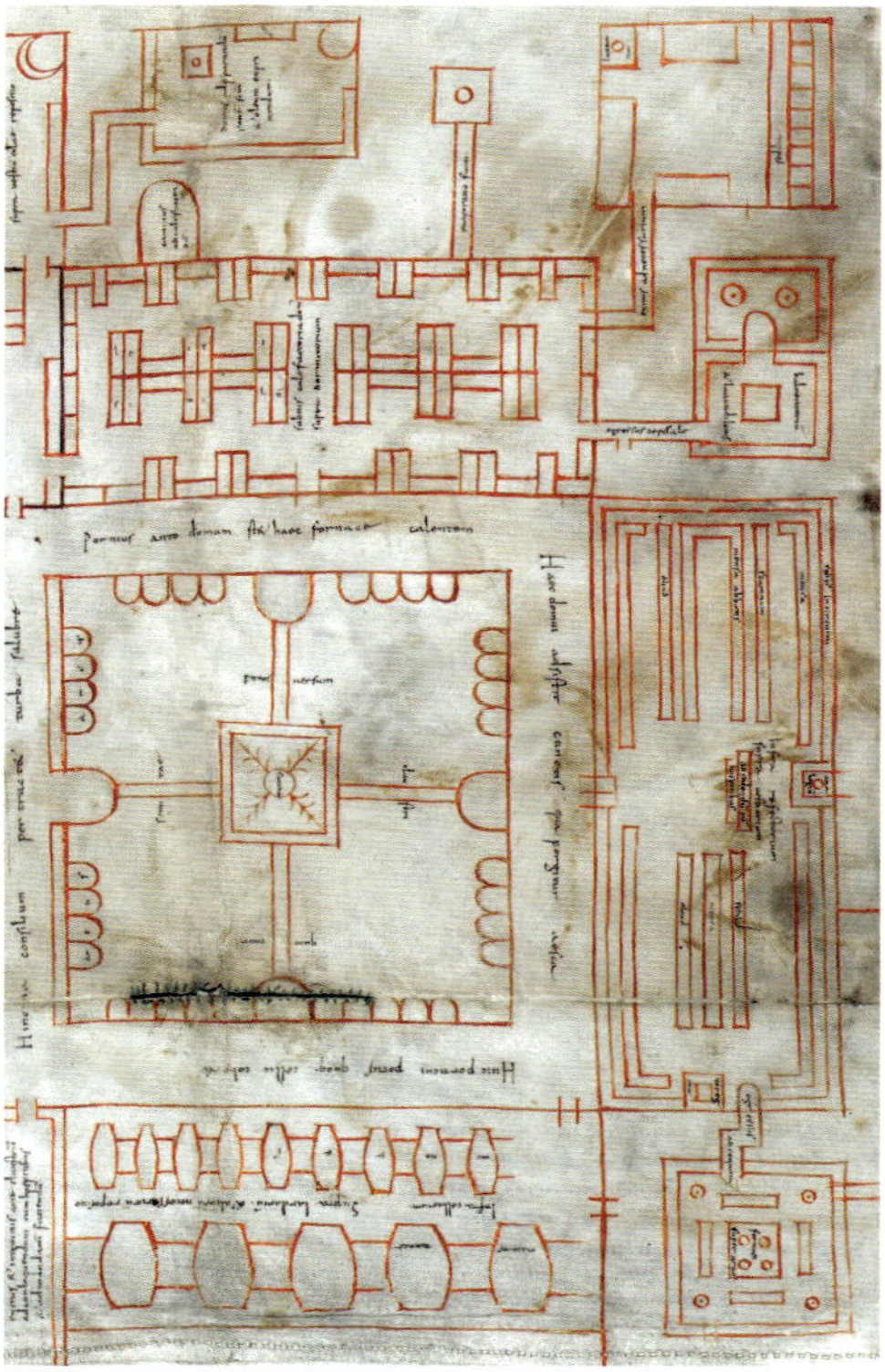

【右】実際に建設はされなかったが、サンガル修道院の平面図には、理想的な修道院の配置が示されている。中央に教会とクロイスター、それを囲むように訪問客のための建物、教育のための建物、貯蔵庫がある。この平面図にはそれ以外にも、共同体を維持するために必要な墓地、製粉所、数か所の醸造所とパン焼き場が描かれている。
Codex Sangallensis, 1092r, 9世紀頃、
サンガル修道院図書館、
ザンクトガレン、スイス

【左】サンガル修道院のクロイスターは2階建ての建物で、1階が暖房室、2階が共同寝室（長方形の部屋で備え付けの寝台がある）になっていた。共同トイレ（右上）と風呂が付いている。食堂（右）は修道士用台所（右下）と貯蔵室（左下）に接している。これらの建物が中庭を取り囲み、中庭には修道士のために十字架の形をした歩道が作られている。
Codex Sangallensis, 1092r,
9世紀（一部）
サンガル修道院図書館、
ザンクトガレン、スイス

事の前、教会へ入る前に手と顔を洗う決まりがあった。つまり、一日に何度も手を洗わなければならなかったのだ。

修道院にはトイレと浴室の他に、チャプターハウスと呼ばれる集会所があり、毎朝修道士たちが集まってその日の予定などを話し合った。また、ここで修道院長は作業割り当てや道具、図書館の本を手渡した。修道士にとっては、不満や他者の悪行を口外できる場所でもあった。また、緊急会議や選挙、訪問者との面会も行われた。

時代が下るにつれ、ほとんどの修道院では、修道院長は寝室と応接室が付いた個室を持つようになり、応接室で訪問客をもてなしたり、信徒と個人的な話をしたりした。修道院長の部屋に専用の台所が付いていることもあった。これは、修道院長という地位にある人間を他の修道士と区別するだけでなく、修道院の地所の管理や他の地主との関係構築といった世俗的な業務を、他の修道士の仕事を中断させたり、気を散らせたりすることなく行うためでもあった。

修道院には診療所もあり、そこでは病人や老人が治療を受け、暖を取ったりもした。それ以外の場所には、快適さを避け、怠惰を防止するために、暖炉はほとんど設置されていなかったのだ。診療所とは別に、暖炉を備えた「暖房室」を設けている修道院もあり、そこでは誰もが祈禱や雑用の合間のわずかな時間を過ごすことができた。他には、台所、パン焼き場、醸造所、洗濯室、貯蔵所はもとより、写字室（修道士が書物を筆写する部屋）、図書館、製粉所を備えた修道院も多かった。

とはいえ、修道院は修道士たちのためだけに存在していたわけではない。最も重要な任務のひとつが、旅人、巡礼者、家族、または公用で訪ねてくるさまざまな宗教団体などの訪問客をもてなすことだった。そうなると、修道士の生活空間とは別に宿泊所が必要になり、そこには寝室、食堂、台所、トイレだけでなく、修道院の通常の生活には不要だが、訪問客には必要な馬小屋、馬車置き場、ときには犬小屋まで設けられていた。

最も自立した修道院の中には、平修士や平修女（原則として修道院で生活し、労働するが、まだ修道士の立てる誓願は立てていない補助スタッフ）が眠り、食事をするための部屋や、製靴や鍛冶などの技術を提供する作業場を備えているところもあった。

私たちも大勢の人が自給自足の生活をしている場所——菜園、薬草園、穀物畑、果樹園、養蜂場、牧場、養魚池、ときには鹿園や養兎場まで備わった施設など——に足を踏み入れてみれば、当時の修道院の敷地がどれほど広大だったか、より正確に想像できるだろう。

修道士の一日

主は……わたしたちが日々、実践によって聖なるみ教えに応えることを期待しておられます。

ヌルシアのベネディクト、『聖ベネディクトの戒律』（古田暁訳）

修道院の一日は、ご想像通り、決められた祈りの時間に従って分割されていた。この祈りの時間は時課の典礼と呼ばれ、真夜中過ぎに始まり、数時間ごとに礼拝を行いながら、日没後まで続けられる。今日では、おそらく時課という言葉より、朝課、賛課、一時課、三時課、六時課、九時課、晩課、終課という個々の名前のほうがよく知られているのではないだろうか。修道士は祈りの時間に合わせて夜中に起床するため、イギリスのリード近郊のシトー修道会のカークストール修道院をはじめ多くの修道院には、修道士の共同寝室から直接教会へ通じる「夜の階段」があった。ベッドから転がり出てすぐに教会へ降りていける仕組みは、神により良く仕えるために自らの意志で厳格な環境に身を置くシトー修道会の修道士たちにとって、この上なくありがたい配慮と思えたことだろう。

修道士の日々は、言葉と歌による祈り、肉体労働、読書（あとで取り上げる）に捧げられていた。大部分の修道院は『聖ベネディクトの戒律』に従っていたが、戒律の実践方法は会派によってさまざまだった。簡素さを重要視するシトー修道会では礼拝は小規模に行われていたが、クリュニー修道会は聖務日課の時間を長くとり、一日の大半をひたすら聖歌の歌唱と祈禱文の詠唱に費やし、日常の作業の大部分は平修士に任せていた。ほとんどの修道院は、言うまでもなく、その中間に収まった。

修道院では全員に任務が割り当てられ、それを粛々と、不平を言わずに適切にこなすことが求められた。だが、当然のことながら、修道士も人間である以上、不満があったようだ。一例を挙げると、中世から伝わる手写本の中には、余白に修道院長や寒さ、手のけいれんに関する不満が書きなぐってあったりする。聖具保管係（礼拝の時間に修道士を起こし、ミサの装具の手入れを担当する者）や食料品保管係（食べ物や飲み物の管理担当者）のように、指名や選挙によって選ばれた共同体のメンバーが長期間務める役割もあったが、ほとんどの修道士は当番表に従って交代で日常の作業を行っていた。例えば、食事時間には、修道士が順番に給仕や朗読係を務めた。

修道士は夏には一日に食事を二度、冬にはたっぷりの食事を一日に一度与えられた。時課の典礼の時間は固定されているわけではなく、日の出と日の入りに合わせて調整されたので、昼の時間が長い夏期には、修道士はより多くの栄養分を必要とした。修道院の多くの活動と同様に、食事も共同作業の一環として、食堂に集まって一緒にとっていた。中世のほとんどの食事風景がそうであるように、修道士はテーブルをはさんで向かい合う形で、長椅子に並んで座った。席順は先任順位に従って決められた。先任順位とは、年長の修道士同士、若い修道士同士が並んで座るわけではなく、聖ベネディクトによると、修道士が修道院で過ごした年数によって決まる。そのため、若くして誓願を立てた修道士は、年長の修道士より上座に着くこともあった。聖ベネディクトは、人々の知恵は年齢で決まるものではなく、若い修道士でも年輩の修道士に劣らぬ良い助言ができると主張している。

食事の時間には、修道士は黙って食事をし、当番の修道士が聖書や教父の著書、あるいは宗教的な教養書を朗読するのに耳を傾ける決まりになっていた。中世の一般的な食事風景に見られるのと同様に、修道士も一皿の料理を仲間と分け合ったので、食事の際には礼儀正しいふるまいが求められた。

修道士というと、書物の筆写をしている姿が思い浮かぶが、他にも筆写係が使うインクの製造をはじめとする写本関連の仕事から、破損品の修理といったメンテナンスまで、さまざまな任務を担った。食料の栽培と調理、訪問客や動物たちの世話、洗濯、一般的な住居の手入れも行う必要があった。養蜂、醸造、彫刻といった専門的な仕事も修道士が担っていた。こうした日々の仕事が、何より重要な祈りの時間の合間におさまらない場合は、修道院は平修士や平修女に分担を依頼した。

一日の最後の礼拝（終課）で聖歌を歌い、祈りを捧げたあと、修道士は同朋とともに底冷えのする共同寝室の寝台に引き上げ、暖かさと慎みを保つために頭巾をかぶって、朝課まで数時間の短い眠りに就く。そして、まわりの修道士たちがいびきをかき始める頃、明日また繰り返す同じ仕事の手順を考えながら眠りに落ちるのだった。

修道士の恩恵

二一世紀の現在なら、宗教に対して懐疑的な態度をとるのは別段難しくはないが、それは決して私たちの専売特許ではない。これから見ていくように、中世の修道士たちもそれなりに疑念を抱いていた。私たちは、真面目な修道士たちが「奇跡のチーズ」［「チーズの聖人」サン・ルーチョが起こした奇跡についての伝説が残っている］のような眉唾ものの奇跡を信じていたという逸話には冷笑を浮かべ、修道士が巡礼者相手に、現代の土産物店のような売店を開いていたという俗っぽさをあざ笑うかもしれない。宗教的信念は、人間の本性がそうであるように、複雑で、移ろいやすく、多くの場合は柔軟性に富んでいる。だがこれは必ずしも欠点とは言えない。

これから歴史的かつ非宗教的な観点から修道生活を追究していくが、忘れてはならないのは、修道生活は崇高な力と崇高な目的に対する、純粋な信仰と献身に基づいていた――そして、現在も基づいている――ということだ。現代の読者が、聖人の名を冠したミサ曲を歌うことで、本当に寄付者の煉獄《れんごく》での時間が短縮されたと信じるかどうかはともかく、中世の修道士や修道女自身は短縮されると信じていたという事実は尊重しなければならない。そして、彼らの決断ならびに日々の務めや儀式は恣意的《しいてき》なものではなく、徹底的に考え抜かれたものであり、何百年もの間、何世代にもわたって続いた信仰の基盤の上に築かれているという事実もだ。また、修道士も人間であり、信仰がぐらつくこともあれば、スキャンダルやゴシップを好んだり、誘惑の抗しがたさに気づいたり、自分の罪深い本性や魂の姿に苦悩したりすることもあったことも心に留めておく必要がある。さらに、彼らは奉仕に人生を捧げたことも忘れてはいけない。その勤勉で誠実な筆写がなければ、中世の資料は深刻な欠乏に見舞われていただろう。中世の修道士たちは写字係として、年代記編者として、発明家として、そして、知識の保管者として、さらにはその知識の拡散者として、私たちに多大なる恩恵を与えてくれた。その恩義に報いるためにも、私たちは、それぞれに修道士のように生きる方法を身につけていく上で、彼らが人生を構築する指針としていた信条と原則を常に心に留め、尊重する必要がある。

第一章
修道士の健康と植物

すべての色の中で、緑は最も目に心地よい。
『隠遁者の戒律』

初めに園があった［『ヨハネによる福音書』の冒頭に「初めに言（ことば）があった」とある］。中世のキリスト教徒にとって、エデンの園とは、人間の生活、人間の善性、人間の対立など、すべてが始まった場所だ。エデンの園では、人間はこの上なく完璧で、すべてが調和し、栄光に包まれていた。

中世の修道士にとって、緑豊かな土地は、平和、静けさ、人類の起源への回帰の象徴だった。また、魂と肉体にとっての癒《いや》しと滋養《じよう》の象徴でもあった。だから、修道士のような生き方をめざすなら、修道士が自分のためにここに芽吹いたと信じていた植物に、そして、菜園ならびに人間を育て、花開かせる自然の営みに敬意を表し、活用していこう。

緑の植物は魂の癒し

美しい小さな草ほど、見てさわやかな気分になるものはない。

アルベルトゥス・マグヌス

現代の医者は、戸外で運動したり時間を過ごしたりするのは健康に良いと勧めてきたが、これは特に新しい考えではない。祈りを捧げるために一日の大部分を教会の中で過ごす中世の修道士にとって、戸外で過ごす時間はきわめて重要だと考えられていた。もちろん、窓もあればロウソクやランプもあったので、暗闇の中に身をすくめていたわけではないが、それでも、戸外で過ごす時間に代わるものはなかった。しかも、丸石を敷き詰めた中庭では不十分で、緑の植物のある場所が必要だった。フイヨワのユーグ［一二世紀フランスの聖職者・著述家］によると、「クロイスターの中央にある緑の植物を見ると、修道院に閉じこもってばかりで疲れた目がすっきりし、学びへの意欲が再びあふれてくる。目を癒して視力を保つのは、まさに緑という色が持つ特性」なのである。同じく中世の著述家オーヴェルニュのウィリアムは、これは緑色が「瞳孔を拡張させる黒と、収縮させる白の中間の色であるためだ」と述べている。[1]

修道院には、中央に位置する中庭すなわち回廊中庭を取り囲むようにクロイスターと呼ばれる屋根付き回廊が作られていた。中庭には植物が植えられ、噴水からは水が湧き出ていた。屋根付きで石の列柱が並ぶ回廊を歩けば、修道士は日差しや雨を避けることができた。さらに、歩道としての役割を果たし、修道士が必要とする癒しの緑を提供するために、中庭自体はしばしば芝生で覆われていた。一三世紀のドミニコ会司教アルベルトゥス・マグヌスは、緑あふれる静穏なスペースを生み出すのにどれほどの努力が必要であるかについて、驚くほど詳細な記述を残している。

クロイスターの中央に位置する回廊中庭は、修道士が自然の中で疲れを癒し、同朋とともに歩く緑のスペースを提供した。
回廊の柱列、1130 ～ 1140年頃
クロイスターズ美術館、ニューヨーク

観想を促すためにこのような噴水が設置されている回廊中庭もあった。
噴水、13世紀頃
クロイスターズ美術館、ニューヨーク

庭園にする予定の土地から、あらゆる植物の根を取り除く必要があり、そのためには根を掘り返さねばならない。土地の表面をできるだけ平らにして、土の表面に沸騰した湯を注ぐ。そうすることで、土の中に残った根や種はだめになり、発芽しなくなる……土地は品質の良い（牧草地の）草から切り取った芝生で覆い、上から木槌で叩き、ほとんど見えなくなるまで足で踏み固める。すると、その後徐々に芝から細い髪の毛のような芽が出て、上等な布のように表面を覆うようになる。[2]

いかにも修道士が好みそうなたとえ話になるが、芝地をつくり出すには、芝の成長を阻む障害を取り除き、そこに新芽を植え、大切に世話をして育てなければならないのだ。

回廊中庭の中央には、心を落ち着かせ、黙想を促すために、噴水、ジュニパー［ヒノキ科の針葉樹で和名はセイヨウネズ］の茂み、桑の木などが配置された。噴水の優しげな音が三位一体についての瞑想を促す。修道院の敷地内で目にする他の多くの植物も同じだが、ジュニパーが植えられたのには象徴的な意味とともに、実用的な意味もあった。ジュニパーは常緑樹であることから、決して眠らず［キリスト教では「肉体は眠っても魂と霊は決して眠らない」とされている］、色が変わらないため、神の不動の愛についての瞑想を助ける理想的な植物と考えられた。また、その良い香りのする枝は、切って聖水に浸し、儀式の際に聖水を振りかける道具としても使われた。桑の木も実用的なだけでなく、あとでまた取り上げるが、キリストの磔刑《たっけい》を象徴する植物でもあった。[3]

自宅の庭に芝生や噴水、樹木を揃えるのは無理だとしても、私たちも人間として、目の前に――足の下ならさらに良いが――緑の植物があるのが望ましい。植物は、生命の源である酸素を供給し、二酸化炭素を吸収するだけでなく、気持ちを静め、うつ状態を緩和し、病気からの回復を早めてくれる。修道士が気づいていたように、こうした効果は、緑豊かな場所に足を踏み入れると、あるいは植物を目にしただけでも、ものの数分で現れる。[4] 修道士が神聖な体験を深めるために、美しく、良い香りがする植物（クリスマスのヒイラギやツタ、復活祭のユリなど）を教会に取り入れたように、私たちも戸外に置いていた植物を室内に持ちこむことで、平凡な鉢植えからでも同じような恩恵が得られる。[5] 祈りの合間であれ、ビジネスミーティングの合間であれ、少し休憩して窓の外を眺めたり、鉢植えの植物に話しかけたり、植物が置かれたスペースを歩いてみたりするだけで、目の疲れもとれ、穏やかな心を取り戻せるだろう。

修道院の食事事情

すべての修友に調理済みのものは二皿あれば足りるとします。また、もし果実あるいは新鮮な野菜があるならば、三品めとしてこれを供します。一日一食の時も、昼食と夕食二食の時も、パンは一日一リブラ多めの一斤［当時一リブラは約三四〇グラム］で十分とします。

ヌルシアのベネディクト『聖ベネディクトの戒律』

一般に、中世の食べ物は風味にとぼしかったり、腐敗していたりで、あまり食欲をそそられないと誤解されているようだが、実際には、今日私たちが食べている果物や野菜、ハーブの多くは、中世の人々も口にしていた。輸入もののスパイスも、大部分の修道院にとっては手が届かないものではなかった。ただし、修道院長が聖ベネディクトの戒律を曲げ、このようなぜいたくを許していたらの話だが（修道院長自身は、来客をもてなす任務の間に高価なスパイスを味わっていた可能性は高いが、この恩恵は常に他の修道士までおよんでいたわけではなかった）。

修道院の菜園では、パセリ、セージ、ローズマリー、タイム、バジル、ミント、コリアンダーをはじめ、今日でも料理を風味豊かにするために使われる、ほとんどのハーブが栽培され

修道士は客人をもてなし、ときには自分たちの食料にするために、ウサギなどさまざまな動物を飼育していた。
『時禱書　*Book of hours*』、fol. 96r, 1500年頃（一部）
ウォルターズ美術館、ボルティモア; W.427

ていた。今日では香味野菜として使われているセロリなどの野菜は、当時は調理用というよりは薬草と考えられていて、料理にはあまり使われなかった。ラベンダーのようなハーブやバラをはじめとする花など、現代のレシピにはほとんど使われない植物も、中世の人々は風味を加えるために使っていた。サフランは香りとともに鮮やかな黄色の色味が好まれ、高級な料理によく用いられた。

修道院の菜園でさまざまな美味な食用ハーブが栽培されていたのは、修道院の食事は主に菜食のため、食材の選択肢が限られてしまうからだった。修道士は鳥や魚は食べることができたが、『聖ベネディクトの戒律』には「非常に衰弱している病人を除いて、決して誰も四足動物の肉を食べてはなりません」とある。[6] 病人だけでなく、客人も例外とされていた。聖ベネディクトが四足動物を食べることを禁じたのは、友人である動物への思いやりからではない。肉は人間の劣情を高めると考えられていたからだ。中世では四足動物は身近に存在していたため、生活の中で交尾を目にする機会がしばしばあった。肉を食べると動物を思い出し、動物が交尾している姿が頭に浮かぶ。食事のたびに性的な考えが浮かんでいては、生涯を通しての禁欲が困難になる。もちろん、多くの修道院には、客人のために必要な面積よりはるかに広い牧草地や養兎場があったことから、すべての修道院がこの戒律を厳密に守っていたわけではないことがわかる。現存する中世の物語や歌の中にも、肥満した肉食の修道士がしばしば登場する。

魚などの水中生物は、修道院には欠かせない食材だった。魚は人間と同じ方法で交尾しないため、皿の上の魚を見ても、性的なイメージは喚起されないからだ。金曜日や特定の祝日な

ベリー類、ブドウ、ナシをはじめさまざまなフルーツが、修道院の食卓に彩りと甘みを添えていたようだ。
『時禱書　*Book of hours*』fol. 214r, 1500年頃
ウォルターズ美術館、ボルティモア; W.427

ど、すべてのキリスト教徒に肉食が禁じられている（あくまで建前として）日はいくつもあった。実際に、多くの修道院は、賃借人から年間の賃料としてウナギを受け取り、四旬節［灰の水曜日から復活祭前日までの四六日から日曜を除いた四〇日間を指す］の長い「魚の日」を乗り切っていた。しかし、修道士はウナギだけでは生きていけない。現代人なら誰でも知っているように、健康のためには果物や野菜がたっぷりの、バランスのとれた食事をとる必要がある。幸い、修道院ではどちらも栽培されていた。

現在の西洋社会の菜園の絵を描くなら、レタス、トマト、キュウリ、それにおそらくスイートコーンやジャガイモが描かれるだろう。しかし、中世ヨーロッパには、スイートコーンにジャガイモ、トマトはまだ伝わっていなかった。これらの野菜は南北アメリカ大陸原産だが、当時のヨーロッパ人はまだ南北アメリカ大陸を――不首尾に終わったバイキングの北米への短期間の入植を除いては――発見していなかった。それでも、中世ヨーロッパの菜園では、それ以外のカブ、ニンジン、ラディッシュ、タマネギ、リーキ、ナスなど、多種多様な野菜が栽培されていた。これらの野菜から作れる美味で食べごたえのあるさまざまな料理を思い浮かべると、この段落を読んだだけでもよだれが出そうだ。

果樹園も負けてはいない。修道士たちにリンゴ、ナシ、かんきつ類などビタミンCたっぷりの果物だけでなく、オリーブやアーモンドといった美味な食材も提供した。栽培は果物より簡単だが、おいしさでは引けを取らないのはラズベリーやブラックベリーなどの果実だ。かんきつ類、オリーブ、アーモンドの樹木は、現在では主に南ヨーロッパで栽培されているが、中世のほとんどの時期は現代より気温が数度高かったため、ブドウの木などは一四世紀まで、北方のイギリスでも栽培できた。修道院でもブドウの木を栽培し、共同体にブドウの果実とワインを提供していた。中世についてさまざまな話を聞いたことがあるだろうが、実際には人々は普段は水を飲んでいたが、食事の際にはたいていワインやエール〔上面発酵で短期間に醸造される伝統的なビール〕を好んだ。ワインは聖体拝領で使われ、キリストの血と結びついていることから、修道院にとって特に重要な飲み物だった。

修道院での食事は、中世の食事がたいていそうだったように、パンとポタージュで済ませる

修道士たちはこのような食事の時間を知らせる鐘の合図で食堂へ集まった。鐘は「朝食、お茶、夕食の時間をお知らせします」と鳴る。
食堂の鐘、13世紀
クロイスターズ美術館、ニニーヨーク

ことが多かった。ポタージュとは、大麦やオート麦など手に入りやすい穀物から作るシチューやポリッジ（粥《かゆ》）の一種で、残りものの肉料理や野菜を加えた料理だ。そのため、多くの現代人の感覚からすると、炭水化物過多のように思える。しかし、中世では穀物は現代ほど細かく製粉されなかったため、パンやポタージュに使われた穀物は粒が粗く、現代人が高級なパン屋から買ってくるものと比べて、整腸作用のある食物繊維がたっぷり含まれていた。粒の細かい精白小麦粉――現代人は健康に良くないと知っている――は金持ちの食べ物だった。

そうなると、現代人が考える健康的な食事とは、修道士が夏の終わりに食べていた、全粒粉のパン、新鮮な果物と野菜、オメガ3を豊富に含んだ魚にコップ一杯のワインという、彼らにとっての最高のご馳走とさほど違わないことがわかる。この体に良い食品を集めた食事は、現代社会では地中海食として広く知られていて、その健康効果は長寿、ガンや心血管疾患、神経変性疾患など広範囲の病気のリスクの低下など数多い[8]。幸いなことに、現在私たちは、寒さの厳しい冬の夜でもこうした食事をとることができるし、ワカモレトースト［ワカモレはすりつぶしたアボカドにタマネギやトマトなどを加えたディップ］をはじめ、他の大陸の食の恵みにもあずかれる。

修道士の医療事情

人間は土から作られたので、その病弱さが土によって軽減されるのは神の摂理に適っている。土は理由がなければ何も生み出さず、すべては必要があって生み出されるからだ。

『ロルシュ医学書 *The Lorsch Leechbook*』

言うまでもないが、中世の医学は今日ほど進んでいなかった。現代の科学技術は、中世の治療師が仰天するような驚くべき治療を可能にした。特に、今もアリゾナ州やインドなどで発生している黒死病（腺ペスト）から命を救う特効薬、すなわち抗生物質は画期的な発明だった。だが、実際のところ、中世世界の医学的知識がなかったなら、現代医学はここまで発達していなかっただろう。それには、薬草の伝承も含まれる。

中世を舞台にしたミステリー小説を読むのが好きな人なら、修道院の薬草園——栽培されていたのが薬であれ、毒であれ——に関する記述を読んだことがあるだろう。ご存じのとおり、ほとんどの薬は適量でも毒になりうるが、中世の薬草園ではベラドンナや有名なトリカブトをはじめ、死に至る毒性を持つ植物も栽培されていた。ベラドンナやケシは、例えば四肢の切断手術のように、患者を一時的に（永久にではなく）眠らせる必要がある場合など、悲惨な医療状況を緩和する目的で慎重に使用されていた。といっても、大半の薬草の効能ははるかに穏やかだった。

中世の人々が治療目的で使用していた植物のいくつかは、現在でもホリスティック医療［人間の臓器だけを治療するのではなく、心も含めて包括的に診療する医療」の現場で使われ、効果が証明されている。例えば、ミントは古代の医学書では頭痛に有効とされており、現代社会でも、たいていはペパーミントオイルの形で、頭痛の一般的な民間療法として使われている。[9] 中世には「多くの症状に対する治療薬として有効だが……特に眼病に適している」と言われたフェンネル（ウイキョウ）には、現代医学でも結膜炎の治療薬として使用されている化学物質が含まれている。カモミールは今も消炎薬として、アロエは皮膚の傷の治療に使われている。[10] ショウガは、当時はイギリス産ではなく輸入ものが一般的だったが、今日も胃の働きを整えるために使われている。サリチル酸（アセチルサリチル酸のかたちに合成されてアスピリンに使われる天然成分）を含むホワイトウィローの樹皮は、鎮痛剤として処方されていた。桑は、前に触れたように宗教的に重要な植物であるとともに火傷の治療にも使われたが、その効能も科学的に証明されているようだ。[11]

バーンウェル修道院の医療担当者は、一般的な体の不調に対応するため、修道院の薬品棚に治療に使う薬草を広範囲に常備しておくことを求められた。

（医療担当者は）急に深刻な状態に陥った病人にすばやく支援を提供できるよう、戸棚にショウガ、シナモン、シャクヤクなどを切らすことがあってはならない。[12]

医療担当者は多くの修道士の面倒を見ていたため、真夜中にランタン片手に必要な薬を探すために薬草園へ走らなくてすむように、前もって準備を整え、薬草を保管していた。

ただし、私たちが自分の考えで薬草による治療をあれこれ試してみるのは、絶対にやめたほうがいい。中世の人々には薬草に関する幅広い知識があったが、私たちはそれを学び直し始めたばかりなのだから。現代の薬剤師と同じく、中世の調剤士も治療を始める前に、長期にわたる修業と見習い期間を経なければならなかった。そのため、修道士は複雑な、もしくは危険な薬物が必要になったときは調剤士を頼りにした。だから、うっかり自分に毒を盛ることなく修道士のように生きたいと思うなら、すでに科学的にも、世界中のグランマたちにも効果が証明されている民間療法——すなわち、風邪には温野菜とチキンスープ、蜂蜜、レモン、胃のむかつきにはショウガ、頭痛にはアセチルサリチル酸、就寝前に気持ちを落ち着かせるためには温かいカモミールティー——に頼るのが最善の方法だ。

士に還る

死の思いを日々心の眼の前に掲げていること。

ヌルシアのベネディクト『聖ベネディクトの戒律』(古田暁訳)

修道生活では、生よりも死に重点が置かれていた。修道士の考え方では、現世の人生で最も重要なことは、来世で救済を得るために善く生きることだった。聖ベネディクトの言葉のように、修道士はいかなるときも自らの死について深く考え、きたるべき神の裁きに対して至当な恐れを抱いているべきとされた。

先ほど簡単に触れたように、中世世界には薬草の効能に関する優れた一般知識があったにもかかわらず、死は常に身近にあった。栄養状態が悪く、抗生物質がなかったために、ちょっとした事故でも命にかかわる事態になったからだ。当時墓地は珍しい風景でもなければ、今日のように忌避される場所でもなかった。人々はしばしば世俗的な目的で墓所に集まり、競技会を行ったり、こっそり恋人と待ち合わせをしたりした。実際、修道院の塀の内側のスペースを節約するという目的もあって、修道士を果樹園に埋葬することもあった。現代人が聞けば胸が悪くなるかもしれないが、こうして修道士は、死してなお修道院のライフサイクルに滋養を与える役割を果たした。

中世のキリスト教徒は、自らの死すべき運命を心に留め、来たるべき神の裁きに対して心の準備をしておくよう折に触れて指導された。この絵のようなどくろは、目にするたびに「メメント・モリ（死を忘れるな）」の警句を思い出させる役割を果たした。
『アウセムの時禱書 *The Aussem Hours*』、fol. 66v, 16世紀初頭（一部）
ウォルターズ美術館、ボルティモア; W.437

中世の修道士にとって、土に還《かえ》るという概念は、何よりも謙虚な気持ちを抱かせるものだった。最終的にうじ虫の餌になる人間が、さほど重要な人物ではありえないからだ。一一世紀ベネディクト会の修道士で枢機卿《すうききょう》の聖ペトルス・ダミアニは、このことをいきいきと語っている。

> さあさあ、修道士たちよ、まるで王家の子孫のように服を着せ、手厚く手入れをし、十分な栄養を与えているが、この体とはいったい何だろう。ついには腐敗の塊に帰すではないか。うじ虫の餌、粉塵、灰になるだけではないか。賢明な人間は、現世を考えるより、その先の来世を考えるべきだ……あなたがせっせと栄養を与えた肉体を貪り食おうとしているうじ虫は、どれほど感謝するだろう。[13]

肉体のはかなさをグロテスクなまでに強調したこのような考えは、常にキリスト教徒の瞑想のテーマだったが、ひときわ関心を集めたのは一四世紀に黒死病が流行したあとだ。当時の人々は、予期せぬ突然の死への恐れを痛切に感じていた。その結果、人体がうじ虫やカエルに食べつくされるところを描いた、「メメント・モリ（死を忘れるな）」をテーマとする多くの芸術作品が誕生した。

修道院の最高位の聖職者なら、防腐処置を施され、教会内に埋葬されただろうが、きわめて高徳な聖人は腐敗しないと信じられていたようで、中世の聖人の多くの伝記には、墓を開ける

「メメント・モリ（死を忘れるな）」という警句は、しばしばこの時禱書のように、美や生のイメージと並べて表示された。冒頭の渦巻きには「コジータ・モリ（死について考えよ）」と書かれている。
『時禱書　*Book of hours*』、fol. 165r, 1500年頃（一部）
ウォルターズ美術館、ボルティモア; W.427

と常に良い香りがして、まったく腐敗していなかったと書かれている。このように芳香を放っていた聖人には、聖オズワルド、聖トマス・ベケット、さらには、聖なるイングランド王ヘンリー六世らがいる。[14]

健全なこととは思えないかもしれないが、環境的利点という観点から永眠の地を考えて、

「メメント・モリ」は絵や書物だけでなく、壁画や墓石、あるいは、このようなロザリオの珠にも出現する。珠には剃髪した人物（ロザリオの両端）の現在と死後の姿が示されている。
ロザリオ、1500 ~ 1525年頃
メトロポリタン美術館、ニューヨーク

「樹木葬」を利用する現代人が増加している。火葬にせよ、生物分解可能な棺の使用にせよ、樹木の根元への埋葬にせよ、現代人もまた、死してなおライフサイクルに貢献できる方法を模索しているのだ。[15] こうした実用的な考察とは別に、現代社会にも「メメント・モリ」はあふれている。人生はつかの間のはかないものであることを思い出させるミーム［インターネット上で拡散される情報］や、「#yolo（人生は一度きり）」のようなハッシュタグがトレンド入りして、生きている間に人生を満喫しようと鼓舞している。

一般的な修道士は、自らの死を熟考しながら一生を送った。そして、救済への希望と神の裁きへの恐れに導かれながら行動し、道徳的な人生を歩んだ。死の瞬間が訪れると、修道士は謙虚な神の子にふさわしい定め、すなわち、土に還《かえ》ることだけを望んだ。土はかつてはエデンの園の一部であり、イエスの足下にあった。修道士が今世を生きていた間は滋養を与え、癒し、精神的安らぎを与えてくれた。私たち現代人も、彼らの死生観を取り入れてみるといいかもしれない。命のはかなさを心に刻み、生きている間は身近にある植物から体と魂に滋養をもらい、やがて今世での最期のときが訪れたなら、謙虚さと感謝を胸に土に還るのだ。

第二章
修道士とミニマリズム

すべての人がそれぞれの立場に応じて、このはかない世界から借りる食料、衣服、道具などすべての世俗的な品物をできるだけ少なくする——これが真の信仰だ。

『隠遁者の戒律』

過去二〇年の間に、ミニマリズムを取り入れようという大衆運動が盛んになってきた。ミニマリズムとは、できるだけ少ない持ち物でやっていこうという考え方だ。モノを必要としない――さらに重要なのは、ほしがらない――というコンセプトは、修道生活の理想の土台となるものだ。中世の修道士にとって、物質界とは堕落した、罪深い世界だった。人を神から遠ざけるさまざまな誘惑は物質界から生じるので、物質界とはできるだけ関わらないほうが良いとされた。この考えを極限まで突き詰めたのが初期のキリスト教隠修士で、鍾乳洞《しょうにゅうどう》の石筍《せきじゅん》の上で暮らし、最低限の衣服だけを身につけていた。その禁欲的なあり方が修道院という概念の始まりとされている。ほとんどの現代人は、一生をテントの中で暮らすのはとても幸福な生き方とは言えないと考えているが、一般的な修道士も、隠修士のような生き方は万人向きではないことは理解していた。それでも、修道院の生活様式には、私たちが今すぐ学べるさまざまな形で、ミニマリズムが取り入れられているのは間違いない。

修道士の衣料事情

そもそも修道士には、夜の着替えと洗濯を考慮に入れた上で、二枚のチュニカと二枚のククラ［頭巾付きの外衣］で十分です。それ以上は余分で、取り上げねばなりません。

ヌルシアのベネディクト『聖ベネディクトの戒律』（古田暁訳）

修道士にとって、現代のミニマリストと同様に、物的所有物が多すぎると、生活空間だけでなく心も乱雑になり、重要なことに集中するのがきわめて難しくなる。修道院における重要なこととは、もちろん、神について熟考することだった。現代人にとっては、人生で最も重要なこと、すなわち、家族や友人、コミュニティ、信念、健康、あるいは業績に集中できなくなることを意味する。

所有物が多いと、修道士はキリスト教における七つの大罪のうちのふたつ、強欲と傲慢の罪に堕《お》ちる恐れがあった。修道士は修道院に入るときに所有物を放棄し、所有物はすべて修道院に譲渡することになっていて、所有物は修道院長の判断により廃棄された。裕福な家の出身者にとって、気に入って購入したもの、価値の高いもの、個人的に思い入れのあるものを手放すことは難しかったようだ。葛藤《かっとう》したあげく、個人的な宝物だけでなく、ネコやウサギ、さらには（信じられないだろうが）サルなどのペットまで隠し持っていた修道士もいたという。[1] しかし、所有物を手放すことは修道士の修行の一環であり、粛々《しゅくしゅく》とすべての所有物を差し出すことが求められた。

実際に、今日のリアリティ番組で、何とか不要品を処分し終わったゲストが涙を浮かべて喜びや安堵、自尊心をあらわにするのとは違って、中世の修道士はどれほど多くのものを手放したかを誇らしく思ったり、自慢したりすることは許されていなかった。貧しい修道士は、修道院で衣服や食べ物を与えられて喜ぶことすら許されていなかった。『聖アウグスティヌスの戒律 *The Rule of Saint Augustine*』には以下のような記述がある。

> よそでは手に入れられなかった食べ物や衣服が手に入ったからといって、自分は幸運だと思ってはならない……高邁《こうまい》な心を持ち、俗世の空虚なものを追い求めてはいけない。修道院で富める者が謙虚になり、貧しい者が増長するなら、修道院は貧しい者ではなく富める者に利することになってしまう。[2]

感謝は神に捧げるべきであり、修道士はそれを実践しながら修行の道を進んでいく。だが、この点においては、私たちは中世の修道士を見習わないほうがいいかもしれない。余分なもの——もはや必要ないもの、あるいはもういらないと思えるものであっても——を捨て去ることから生じる感情は人それぞれで、その複雑なナマの感情は、おそらく正直に表したほうが精神衛生上良いからだ（実際、修道士もときには精神の不調に悩まされていたのだが、この件については第三章で取り上げる）。

修道院に属するすべての所有物は、修道士が着用する衣服に至るまで、共有財産と見なすべきとされていたが、実際には、修道士は各自の衣服を決めて着用していた（サイズなど実用的な理由から）。修道院の中には、洗濯や修繕に出す際に間違わないように、修道服の内側に修道士の名前を刺繡で入れているところもあった。[3] 聖ベネディクトは、修道士が旅に出る際に日常着より多少質の良い衣服を借用できるように、保管室を考案している。兄弟が共同で使うク

シトー修道会の修道士は聖ベネディクトの戒律を厳守し、信仰心による服装への蔑視を示すために染色されていない白い修道服を着用した。
『詩篇 *Psalter*』、1501 ～ 2年頃（一部）
メトロポリタン美術館、ニューヨーク

ローゼットのようなもので、下着も共有とされ、洗濯したあとは所定の場所に保管された。[4] 下着の共有という考え方が、モンテカッシーノの聖ベネディクトの修道院以外にどれほど広まっていたかは定かではないが、修道士の生き方の中で、私たちが決してまねすべきでない事例のひとつだ。

衣服については、聖ベネディクトは二枚のチュニカと二枚のククラに加えて、修道士は冬用と夏用のククラ、そして「作業時にはスカプラリオ」[5] の着用を許可したが、この規則に厳密に従うのは困難だった。あるスコットランドの修道院は、冬になると凍えるほど寒いため、教会内で毛糸の帽子を着用する許可を教皇に嘆願した。[6]

私たちは二組の日常着と靴一足だけではとてもやっていけないし、何よりも、下着は自分専用にすべきである。この意見には誰も異論はないだろう。それでも、この修道院の必要最低限の基準を知ると、自分のクローゼットを見つめ直さずにはいられなくなる。整理整頓のプロたちは、重要なものにより広いスペースを確保するためには、まず手始めにワードローブに取り組むよう勧めている。[7] クローゼットの中身を減らそうと決断したなら、大切に使用した衣服を困窮者に寄付するのも、修道士の例に倣うひとつの方法だ。

衣服以外のものはどうかというと、修道士が所持すべきもののリストも、やはり短い。聖ベネディクトによれば、修道院長は修道士それぞれに「必要なものすべて」を与えなければならなかった。その中には（「敷きもの、薄い毛布、上掛け、枕」に加えて）、「ククラ、チュニカ、サンダル、靴、ベルト、小刀、ペン、針、手拭き、筆記板」が含まれていた。[8] 要するに、修道士には、寝具、衣服、食器類、筆記用具、修繕用具、それに、同じ服を何日も着続けるので、鼻の汗を衣服の袖でぬぐわなくてすむためのものがあればいいということだ。

現代人としては、身のまわりに置くものに注意を払い、どうしても必要なのか、あれば嬉しいだけではないのか考えてみるといい。必要なものの多くは、中世の修道士のように共有したり、友人やレンタルショップ、図書館で借りたりすれば事足りる。だから、快適で有意義に暮らすために何が本当に必要で、何がお金の無駄遣いか考えてみるといいだろう（このあと、このことについてもつつましい兄弟たちから学んでいく）。

(羊皮紙は高価で、作成に多くの人手を要したので、すばやくメモするときはこのような蠟板［表面が蠟で覆われた筆記板］に走り書きをした。『聖ベネディクトの戒律』によると、蠟板は各修道士に許された数少ない所有物のひとつだった。
『書き板 Writing tablet』、14世紀頃
クロイスターズ美術館、ニューヨーク

ほとんどの現代人が必要以上のモノを持っているのは事実だが、バックパックひとつで数週間あるいは数か月、幸福に生きている人も少ないながら存在する。かたや修道士も、修道院所蔵の宝物の引き渡しなどで、晴れがましい場に出ざるを得ないときもある。結局、現代人が身の回りに置くものに関しては、多すぎず、かといって少なすぎない中間点あたりで満足するほうがはるかに健全だろう。中世の修道士は、毎年新しい靴を与

えられることになっていて、その時点で古い靴を寄付していた。私たちもこのやり方をまねてみてはどうだろう。毎年春にワードローブや持ち物の断捨離《だんしゃり》を行って、余分なものはチャリティーに寄付するというのは、誰でも実行可能で、高尚な目標だ。

お金の使い道

まず、お金を捨て去りなさい。キリストとお金はひとつところで折り合えるものではないからだ……そこにお金があるなら、すぐによそへ移しなさい。そうすれば、キリストはあなたの心の中に小さな空き部屋を見つけてくださるだろう。

聖ペトルス・ダミアニ

持ち物が多いとは、その人は自分に多額のお金を使ってきたということだ。この点では、私たち現代人も中世の修道士も同意できるだろう。修道院の考え方からすると、これは由々《ゆゆ》しきことだった。お金を使った人の魂が危険にさらされるからだ。精神的安らぎよりも世俗的快楽を重視する人は、前に述べたように、強欲と傲慢に屈する危険に自らをさらすことになる。それに、そのお金は罪深い目的ではなく、慈善目的に使えたかもしれないのだ。

中世の修道院は、ただ修道士が生活し、祈りを捧げるだけの場所ではなかった。より大きな共同体である地域社会にとっての避難や休息の場所として、重要な役割を担っていた。旅人はいつでも修道院に温かく迎え入れられ、修道士は見知らぬ人すべてを、イエスの再来であるかのようにもてなさねばならなかった。その歓迎ぶりがどれほどへりくだったものだったかというと、修道士は来客の前に頭を垂れるか、地面に全身を伏し、修道院長は自ら来客の手を、さらには足をも洗うよう定められていた。[9] 修道士に十分なプライバシーと静寂、孤独を提供するために、修道院はたいてい町の外れに建てられていたので、旅人、とりわけ宿賃を節約したい者にとっては、もってこいの宿泊施設だった。来客からの寄付は喜んで受け取り、実際のところ、期待もしていた。悪名高きイングランドのジョン王は、その吝嗇《りんしょく》さのために、『セント・エドマンズベリ修道院年代記 *Chronicle of the Abbey of Bury St Edmunds*』にこのように書かれてしまった。

> ジョン王は、誓いに駆り立てられ、信仰心から他の義務をすべて無視して、即位後ただちにセント・エドマンズベリ修道院へやって来た。我々は当然、王がかなりの寄付をするだろうと思ったが、王はただ、自分の召使いが修道院の聖具保管係から借りていた絹の布を返しただけで、しかもその借り賃さえまだ支払っていなかった。王はセント・エドマンズベリ修道院のこの上なく寛大なもてなしを受けたにもかかわらず、立ち去る際には称賛に値する、あるいは修道院に利益をもたらすものは何ひとつ与えなかった。帰る日のミサで

献金として一三シリング置いていっただけだ。[10]

中世でも、人々はバッドチッパー〔チップをきちんと払わなかった人〕を忘れなかったようだ。

多くの修道院が聖遺物の保管所となっていたため、ジョン王のように、巡礼者が聖人の加護を求めたり、崇《あが》めたりするために頻繁に訪れた。聖人は病気の治癒、多産、商売の成功、罪人のとりなしなど、さまざまな霊力を持つと信じられていた。中世の修道院の多くは地元の聖人に捧げられたもので、修道院には聖人が起こした数々の奇跡が記録されていた。

聖人の遺骨といった聖遺物には霊力があると信じられ、聖遺物箱に入れて保存されていた。聖遺物箱は収められている体の部位を模して作られることが多く、この聖遺物箱には六世紀のフランス人修道院長聖ティリュー（アレディウス）の頭蓋骨が収められている。

『聖ティリューの聖遺箱の胸像 *Reliquary bust of Saint Yrieix*』、1220 ～ 40年頃
メトロポリタン美術館、ニューヨーク

修道院は、聖人の奇跡を記録することにより聖人への畏敬《いけい》の念を高め、聖人の評判をさらに遠くまで広めようとした。こうした奇跡の物語は、修道院の主要な財源である巡礼者を呼び寄せた。巡礼者は、旅の記念や信仰心の証としてバッジを購入し、自身または愛する者のためにミサを依頼した。修道院はその献金を資金にして、破損箇所を修繕し、増築を行い、教会に装飾を施して、神を崇拝するのにふさわしい場所にし、神の家に対する巡礼者の期待に応えようとした。

寄付や所有する荘園からの収入はあったが、修道院が財政的困窮に見舞われることもあっ

多くの巡礼者が、救いを求めて祈ったり、赦しを乞ったりするために修道院の聖堂を訪れ、信仰の証やステータスシンボルとして、このようなバッジを収集した。
『巡礼記念バッジ』、14世紀頃
クロイスターズ美術館、ニューヨーク

た。修道士も人間なので、金銭がらみの権限を手放すのを渋る者もいたからだ。セント・エドマンズベリ修道院では、こんな出来事があった。修道士たちが参事会集会所（チャプターハウス）に招集され、隠し持っていた修道院の印章を差し出すよう命じられた。借金の証文にこれらの印章を押せば、実際上修道院が借金の返済を保証する署名をしたことになる。年代記編者で、この修道院の修道士だったブレイクロンドのジョスリンは、「集められた印章は全部で三三個に上った」と書いている。驚くべき数だ。[11] サムソン修道院長（この人物は第四章にも登場する）は借金の清算を終えて、ようやく修道院の管理にお金が使えるようになると、多数の重要な建築プロジェクトに着手した。修道院長は欠点のある人物ではあったが、大聖堂のような中世の建物は、しばしば完成までに何年、あるいは何世代もかかるけれども、最終的に完成したあかつきには建築業者だけでなく修道院にも利益をもたらすことを理解していたのだ。

ぜいたくがしたいなら、自分の印鑑で資金を作ったほうがはるかに楽しい。だが、私たちは、現在の満足のために将来を担保にしてお金を借りたら、厄介な状況を招きかねないと心の奥底ではわかっている。それよりは、自分のためにも他人のためにも、良い仕事をするのに必要なものにお金を使うほうがずっといい。現に遠い将来を見据えて、修道院が繁栄できるようにその場所と技術に投資した修道院長たちは、立派な人物として歴史に名を残している。

中世の修道士のように出費をすべて切り詰める必要はない――本書の最終章で検討するように、何ごとも中庸が肝心だ――が、わずかな金額でも、節約したお金は時が経てば増えることを私たちは知っている。対象が教育であれ、家であれ、有用なテクノロジーであれ、賢明な投資をすれば最終的に利益を生む。私たちにとって、チャプターハウスまで出かけて自分の浪費癖に向き合うのは困難だし、ばつが悪いが、お金に関して自制心のある習慣を身につければ、のちのち配当が得られるだろう。

環境について

わたしたちはどのような者がその幕屋に住むのかと主に尋ね、そこに住む者が守らねばならない掟についてみ言葉を聞いた以上、住む者に課せられたこの義務を果たさねばなりません。

ヌルシアのベネディクト『聖ベネディクトの戒律』(古田暁訳)

現代のミニマリズムで最も注目されているトレンドといえば、小さな家への住み替えだろう。面積が数十平方メートルしかない家のウリは、家が小さいと、排出するカーボンフットプリント〔原材料の調達から廃棄・リサイクルまでの過程を通して排出される温室効果ガスの排出量〕も少ないということだ。これには長期的持続可能性を見据えて、自然の恵みの再利用とリサイクルに尽力していた中世の修道士も賛同してくれるだろう。また、意図的に狭いスペースを使用することにも賛意を示したに違いない。結局のところ、彼らの理想とする生活とは、四六時中祈りを捧げて過ごすことなのだから。中世のどこかの町で、ほぼ一生この生き方を貫いたのが隠遁者だ。修道士の理想を究極まで追求した結果、狭い空間に閉じこもり、隠者として瞑想三昧の人生を送った。といっても、隠遁者は日々の食事を地域社会からの施しに頼っていた。現在の小さな家の所有者にはとてもこんなことはできない（毎食レストランのデリバリーを頼むなら話は別だが）。現代の小さな家は、スペースは減らしても、快適さは手放さない。小さな家に、娯楽やテクノロジーを含め、楽に暮らすための現代生活のぜいたく品がすべて詰めこまれている。中世の修道士、とりわけ隠遁者にとって、楽に生きるという考えは、頭の片隅にもなかった。

居住スペースの縮小以外に、視覚的な意味で現代のミニマリズムの象徴となるのが、たくさんの絵やパターン模様の壁紙といった装飾のない、すっきりした白い壁面だ。一方、中世はどうかというと、修道士の自室は地味だったが、修道院の装飾はミニマリズムの対象外だった。修道院と教会は、タイルが敷き詰められた床からステンドグラスの窓に至るまで、色彩にあふれていた。豪華な布が祭壇を飾り、ミサには意匠を凝らした聖杯が使われた。石造物には決まって、湾曲した形の葉から笑いを浮かべたガーゴイル［本来は排水口として使われた怪物の置物］まで、さまざまな彫刻が施されていた。修道士は、自分の身を飾ることは罪深く、過剰な自尊心につながると信じていたが、この考え方に修道院の建物は含まれなかった。修道院の建物の目的とは、あくまでも神の栄光を称え、修道士の篤い信仰心の証《あかし》となることだった。ゴシック様式の精緻な建築や装飾は荘厳さに満ち、中世の崇拝様式のシンボルとなったが、中世以後の数世紀においては、新しい理念を持つキリスト教徒、すなわちプロテスタントからは見下された。しかしながら、手の込んだ装飾は、ただのお飾りではなかったのだ。

現在の自己啓発における最新のトレンドのひとつに、「ヴィジョンボード」の作成がある。これは人生で手に入れたいものや成し遂げたいことを表す画像や写真などを壁やボードに貼りつけた、一種のスクラップブックだ。ヴィジョンボードには、あこがれのパティオチェアか

修道院のミニマリズムの理想は、信仰を象徴するものやミサで使用する道具にまではおよんでいなかった。この聖杯もその精緻な細工により価値が高まり、イエスの血を表すワインを入れるのにふさわしいものとなった。
聖杯、1230 ～ 50年頃
クロイスターズ美術館、ニューヨーク

ら、理想のバカンスやキャリアまで、ありとあらゆるものが含まれる。結果を出すためには、目標設定も重要だが、さらに重要なのが成功を視覚化することだと、科学的にも証明されている。それが最も顕著に示されるのが、オリンピック大会で金メダリストが勝利後に受けるインタビューだ。指導法、献身度、生まれ持った才能など、成功にはさまざまな要素があるが、中でも効果的なのが、勝利の瞬間だけでなく、勝利をもたらす完璧なパフォーマンスを思い描くことだという。こうした視覚化を繰り返すことで、アスリートはそのヴィジョンが実現可能な夢、すなわち自己成就的予言［自分の思いこみが結果として実現する現象］となる可能性を信じるようになる。

中世の修道士にとって、教会の壁は一種のヴィジョンボードであり、それを見るたび自らの目標に対する自覚を強くした。聖人と天使、天国と地獄、イエスの苦難、聖母マリアの静謐《せいひつ》さが描かれた絵は、彼らに救済への道を示し、その道中には思いもよらない困難もあるが、神の恩恵もまた待ち受けていることを教えた。修道士は教会へ足を踏み入れるたびに天の報いが得られることを思い起こし、それにより目標に焦点を定め、達成へのモチベーションを維持した。

このことから、修道士のように生きようと思うなら、自宅を効率良く目標を達成するための拠点にするといい。自分の望むスタイルで生活でき、目標達成へのモチベーションの維持に役立つものに囲まれて暮らせる場所だ。現代のミニマリズムの象徴である白で統一しようと、中世の教会のように鮮やかな色彩で飾ろうと、そのスペースにいるだけで、毎日決まった仕事をこなしていても気分が上がり、なりたい自分になろうとする気力がみなぎる場所にしよう。

同じ目的を持った共同体

一人であらゆる精霊のカリスマ［賜物］を受けるに足るだけの人はなく、精霊の恵みは各人の信仰に応じて授けられているから、共同生活においては、各人に個人的に授けられたカリスマは共に住む仲間と共有される。

聖バシレイオス、『修道士大規定』

現代の整理整頓の専門家がシンプルに暮らす方法を論じている著作以外の場所のひとつは、もちろん、ソーシャルメディアだ。現代の人づきあいの輪は巨大化し、「友だち」の数は、数千人とは言わないまでも、数百人にのぼる場合も珍しくない。とはいえ、直接会う親しい友だちはせいぜい数十人程度で、あとは単なる知り合いにすぎない。昔なら、こうした人は特に連絡を取り続ける努力をしない限り音信が途絶えてしまい、同窓会ぐらいしか会う機会はなかっただろう。ところが、今ではソーシャルメディアの発達により、幼稚園以来会っていない人や大陸や海を隔てて暮らしている人でも、生活の詳細まで筒抜けだ。写真を通して、どんなものを食べているかまでわかってしまう。

現代のプライバシー専門家は、広範囲にばらまかれる過剰な情報公開を由々しきことと考えているが、中世の修道士が知ったなら、間違いなく仰天するだろう。それは私たちがランチに何を食べたかをシェアすることに対してではなく――もちろん、現代人の多くがそうであるように、当惑はするだろうが――日常的な付き合いの規模の大きさに対してだ。

中世では、数百人が暮らす大きな修道院もあったが、大部分の修道士はほんの数十人の共同体の中で暮らしていた。これでも多いように思えるかもしれないが、二〇〇人、あるいは三〇〇人でも、現代の欧米の平均的な高校の生徒数より少ない。そして、それだけの人数が集まれば、多様な社会的人間関係が生じ、育まれることは想像に難くない。修道士たちは、たとえ顔見知り程度であっても、同じ共同体のメンバー全員を知っていたことだろう。修道士が同じ修道院以外で交流がある人の数は、修道院長が、修道院や荘園の管理を円滑に行うために、賃借人や地域の住人――貴族も含め――と良好な関係を築く努力を続けているかどうかで大きく異なった。また、修道士の中には、工芸品や食品を売買したり、付属病院や提携病院で働いたりする者もいたので、町や田園地帯からやってくる人々と交流する機会があったかもしれない。故郷の家族や友人、近隣の人たちを忘れはしなかっただろうが、そうした人々と交流を続けることは奨励されなかった。外部の人間とつき合うと修行に集中できない。だからこそ、修道院は塀で囲まれていたのである。

修道士にとって、慣れ親しんだ生活を捨てて修道院へ入ることは、必ずしも容易ではなかった。一一～一二世紀の修道士で歴史家のオルデリック・ヴィタリスは、イングランド出身の献身者《オブラーテ》だった。その後フランスへ渡り、そこで生涯を送ったが、ときおり過去の生活や故郷について、なつかしげに語っていたという。修道士は折に触れて家族と連絡を取り合ってはいたが、受け取った手紙は上司にあたる修道士に見せなければならず、家族らから小包が送られてくると、必要に応じて全員に分配された。聖ベネディクトはこう説明している。

修道士は修道院長の許可なしに、両親あるいはそれ以外の誰からも、そして修友からも、手紙、祝別された品、あるいはどのような贈り物も受け取りあるいは与えてはなりません。たとえそれが両親からのものであっても、修道院長に先に見せずに、これを収めてはなりません。修道院長がこれを貰い受けることに同意した後も、それを誰かに与えるかを決めるのは、修道院長の権限です。「サタンに誘惑の機会を与えない」（新約聖書『エフェソの信徒への手紙』四章二七節）ためにも、それを贈られた当人の修友は、そのことで心を痛めることがあってはなりません。[12]

そのため、ある修道士のために母親が編んでくれた暖かい靴下が、当人の足ではなく、年長者のウィリアム修道士の足を暖めることも珍しくなかった。これでは家族とのつながりを維持しようというモチベーションは上がらなかっただろう。

高校生、あるいは同じ飛行機に乗り合わせた人々など、長い時間を一緒に過ごすグループと同様に、修道士も毎日のように顔を合わせる人々と友情を育み、関係を築いていた。さまざまな経験――特に、困難なことや厄介なこと――を共有するグループがすべてそうであるように、彼らは修道士の生活の厳しさや型にはまった生活、そしてジョン修道士のいびきに至るまで、他の人には到底理解できない、あらゆることを理解しあえる関係だった。

修道院を円滑に運営する上で、修道士同士が経験を共有し、同じ目的を持つことによって得られる相乗効果は欠かせなかった。修練士には、本人と修道院の双方が適性を確認するために、一年間の修練期間が与えられた。バーンウェル修道院の『遵守事項 *Observances*』の執筆者が述べているように、「われわれは、選択を後悔する人々を選ばないよう注意しなければならない」[13]のだ。これまで見てきたように、そもそも修道院が設立された目的とは、たがいに罪を犯すことなく救済を得られるよう、ともに修行に励むことだった。そのため、修道院という共同体内では堅固な人間関係を築く必要があった。同じ見解や目的を共有できない人に入ってこられては迷惑でしかなかった。

現代社会と中世の修道院の人間関係の大きな違いは、現代では地理的な問題は、もはや人間関係が消滅する要因ではないということだ。修道士は修道生活に入った時点で、過去の生活とは縁が切れてしまう。現代人はというと、学校を卒業したり、引っ越したり、転職したりしても、それで人間関係が終わるわけではない。実際のところ、現代人は連絡を取り続けることを期待され、プレッシャーさえ感じている。修道士にとって、こうした過去のしがらみはいろんな意味で不要で、修道生活とは無関係なものだったのだろう。

ある有名人の言葉によると、人は最も親密な五人の平均になるらしい。幸福度、教育、それに体重さえ、その五人の中間に位置するというのだ。これが文字通りの意味で正しいかどうか

修道士が誓願を立てると、その世界は同じ価値を持ち、同じ任務を遂行し、同じ試練を共有するわずかな人々のみで構成される狭いものになった。
『時禱書*Book of hours*』, fol. 166v, 1430 ～ 1435年頃（一部）
ウォルターズ美術館、ボルティモア; W.168

は別にして、人間が仲間の行動に大きく影響されることは、科学的にも証明されている。仲間のグループの誰かが新しく運動を始めたり、離婚したりすると、私たちは同じ行動をとる傾向がある。これは成功についても当てはまる。身近に成功者がいれば、成功する可能性が高まるということだ。[14]

これが事実なら（実際、事実である）、人間関係を吟味し、最も多くの時間をともに過ごしている人々は自分の人生を豊かにしているか、それとも価値を減じているかを見極める必要がある。人間関係の巨大なネットワーク――特にソーシャルメディアを利用したもの――の利点は、慎重に自分のコミュニティを構築する機会が得られることだ。同じ考えを持つ人たちのグループに参加して、たがいに支援し合える人々や、指導してくれる人々との人間関係を構築したり、結びつきを強めたりできる。私たちも修道院の相乗効果をお手本にして、友人やより大きなコミュニティ、そして自分自身にとって有益な人間関係を築いていこう。

沈黙の重要性

自分が発する言葉を制御できないのは、精神が荒廃し、良心を軽視している明らかな兆候である。

バーンウェル修道院の『遵守事項』

生活領域以外の人間関係のしがらみだけでなく、現代人の生活の中で、聖ベネディクトのような修道思想家が知ったらぞっとしたに違いないと思えるのは、私たちが日常的に行う膨大な量のおしゃべりだ。修道士は、礼拝中、または参事会で何か重要な発言をする必要がある場合を除くと、ほぼ一日中沈黙を守るよう指導されていた。バーンウェル修道院の修道士が三時課と晩課の間は必要があれば会話できたように、決まった時間帯は話すことを許されていたが、究極の目標は、一日中沈黙を守ることだった。バーンウェル修道院では、最年長の修道士が「ベネディチテ（神のお恵みを）」と言って話し始めない限り、自由時間も会話は許されていなかった。

聖ベネディクトは、くだらないおしゃべりは気を散らし、最悪の場合は破滅をもたらすと信じていた。そのため、食事中は週の当番にあたっている修道士が啓発的な書物を朗読する声だけが聞こえるように、他の修道士には沈黙を強く求めた。聖ベネディクトが最も恐れていたのは、会話を許可すると、修道士が修道院の核となる信念や修行に関して質問したり、疑念を口にしたりするかもしれず、それによって疑念や異議が共同体に広まることだった。修道士が食事の際に朗読される書物や修道院長が下した決定について疑問に思った場合は、他の修道士の前で口にするのではなく、あとで年長の修道士に尋ねに行くべきとされていた。[15]

沈黙を守れと言われても、何かほしいものがあるときなど、どうしても意思疎通が必要になる。そこで、空腹な修道士たちは、朗読の邪魔をせずにほしいものを取ってもらうために、簡単な手話を考え出した。そして、修道生活を多少でも楽にするために、「塩を取ってください」などを表す手話を、他の修道院と共有できるよう本に書き記した。『中世英国の修道院手話 *Monasteriales Indicia*』には、修道士が日常的に使う品物や役割を示す一二七の手話が掲載されている。その中のいくつか、例えば「石鹸を取ってください」と頼むときに両手をこすりあわせる手話なら今日でも理解できる。けれども、「下着を取ってください」を表す両手で太ももをなでる動作などは、おそらく誤解を招くだろう。[16]

もちろん、教会の長い礼拝や学校の授業時間、あるいは職場の退屈な会議の間に、真剣なふりをしている人なら誰でも察しがつくように、会話をしなくても意思疎通は可能だ。ちょっと眉を上げたり、ため息をついたり、あるいは、けしからぬことだが、忍び笑いでもすれば、一言も発しなくても本音は伝わるのだ。聖ベネディクトが次のような言葉を残しているのは、おそらくそんな場面に何度も出くわしたからだろう。

聖務日課の時間には、合図の鳴るのを聞くや、ただちに従事している全ての作業を手放し、できる限り急ぎ集合します。ただし威厳は守り、軽率になることがあってはなりません。[17]

修道士たちが黙ったまま教会まで駆けっこをしてふざけたり、退屈や不満をボディランゲージだけで表現したりするのは簡単だろうが、あなたがランチについて、あるいはお気に入りのポッドキャストやリアリティ番組についてとりとめもない感想を伝えようとすると、何かしら言葉を発しないわけにはいかない。聖ベネディクトが沈黙を強く求めたことで、愚かな行動やうわさ話は大幅に削減されたが、根絶やしにはできなかったようだ。一三世紀の隠遁者のための手引き書『隠遁者の戒律 *The Ancren Riule*』では、「修道士たちは工場や市場、鍛冶場や女子修道院から、さまざまな情報を持ち帰ってくる」と嘆いている。[18]

聖ベネディクトは言葉が現実を生み出すことを認識していたらしく、『聖ベネディクトの戒律』でも不満を口にしないよう繰り返し戒めている。私たちが自分や他人に対して発する言葉を通して自分自身や世の中に関する物語を作り出すと、今度はそれが世の中のとらえ方や、私たちが世の中でどう機能するかに影響を与える。聖ベネディクトが恐れたのは、修道生活の厳しさに対する不満の声が増えて、修道士たちがこんな厳格な生活には耐えられないと思うようになると、修道院という事業全体が立ちゆかなくなることだった。聖ベネディクトは「まずなによりも先に不平を慎むように、わたしたちは忠告します」とまで言っている。[19] 沈黙の時間を教父や聖書の言葉、祈りだけで満たすよう修道士たちに言って聞かせたのは、自分たちの現実と修行はポジティブで意味のあるものだという認識を継続させる方法だったのだ。

科学的研究により、これは現代社会に生きる人々にも当てはまることがわかっている。他人やメディアからネガティブな話だけを見聞きして暮らしている人は、世界をより悲観的に捉える傾向があるが、感情的な嵐を乗り越えるには、困難な状況を肯定的な言葉で定義し直してみるのが最も効果的な方法だという。こうした研究の対象には、南極や北極、あるいは宇宙のような、過酷な環境に暮らす人々が含まれているものもある[20]。

無意味なおしゃべりばかり耳に入れるのではなく、誰あるいは何に耳を傾けるべきかを意識的に判断することが大切だ。そして、自分が歩みたい人生を表現する言葉に集中しよう。それは日記をつけることかもしれないし、支援してくれる人との対話、あるいはポジティブなアファメーションかもしれない[21]。中世の修道士たちもそうだったように、心を癒す言葉、希望や信念を表す言葉を繰り返すことで、私たちは鼓舞され、人生における困難に立ち向かえるだろう。

習慣と儀式

私たちは本性的に同時に多数の仕事をして成功することはできないからである。一つの仕事を労を厭わずにやり遂げることは、多くのことに手を出しながらそれらを完成しないことよりも有益である。

聖バシレイオス、『修道士大規定』

古代の思想家から現代の生産性の権威者に至るまで、生産性が高く、ストレスが少なく、より有意義な人生を送るための確実な方法は、良い習慣を身につけることだと教えている。習慣が人を作るという事実を体現している人がいるとすれば、それは中世の修道士と修道女だ。そう考えると、修道女が現在も着用している、中世の簡素な服に基づく修道衣が「ハビット（習慣）」と呼ばれているのもあながち偶然とは言えないように思える。

現代の専門家によると、なぜ習慣を身につけることで生産性が高まるかと言うと、意志決定の必要性がなくなるために、生活を効率化できるかららしい[22]。ささいなことに選択肢を比較検討する時間を削減できれば、本当に時間をかけたいことにより多くの時間が使える。これはそもそも聖ベネディクトが「戒律」を書き記した、一番の目的でもあった。彼は秩序正しい、敬虔さにあふれた修道院を運営するための最善のシステムを確立しようとしただけでなく、修道士たちが当て推量をせずにすむようにしたいと考えた。つまり、何か答えが必要なときは、『聖ベネディクトの戒律』をひもとけば解決できるというわけだ[23]。

修道士には、「聖ベネディクトの戒律」だけでなく、何ごとにおいても修道院長に従う義務があった。服従は、修道士が共同体に入る際に立てる重要な三つの誓いのひとつで、聖ベネディクトもその重要性を繰り返し強調し、「真の王たる主キリストに仕えるために自らの意志を捨て、服従という最も堅固で輝かしい武器をとる者には、それが誰であっても、次の言葉を伝えます」と宣言している[24]。たとえ修道士が心の中で修道院長は間違っていると思ったとしても、その懸念は神に申し出て、修道院長に従うべきとされた。

実際には、修道士も人間なので、すべてにおいて修道院長に服従していたわけではない。個人的な持ち物をこっそり修道院に持ち込んだり、果樹園で恋人とデートしたりしていたようだ。現代人である私たちも、新年の決意がなかなか守れないことからもわかるように、誓いを無視しがちだ。だが、中世の修道士は、続けやすい習慣を作り出す――そして、実際に継続できる――方法を教えてくれている。それは、儀式を確立することだ。

儀式とは習慣に意味を持たせ、強化したものと言える。中世の修道士にとっては、言うまでもないが、どの儀式も崇高《すうこう》な意味を持っていた。最後の晩餐で、イエスは弟子たちに、これから食べるパンとワインは自分が犠牲として捧げる肉と血であると告げたが、聖体拝領の儀式はそれを思い起こさせた。他人の足を洗う儀式を行うたびに、新約聖書でイエス、マルタ、十二使徒が、自分の健康を顧みることなく、へりくだってこの動作を行う場面を思った。鐘を鳴らす儀式は、祝祭、集会、緊急事態を想起させた。修道院の一日は、宗教的なものも実用的なものも含めて、儀式化された営みの連続だった。食事の前に手を洗うとき、修道士は身のけがれを払うと同時に、精神の浄化を心がけた。彼らは毎日朝課のために同じ時間に起床したが、それは一日の務めの開始を告げるだけでなく、概日リズム［約二四時間周期で起こる精神的・身体的状態の規則的な変化］を整える意味もあった。仲間とすれ違うときに挨拶を交わし、祝福しあうことで、彼らは精神的指導者の祝福を思い出すとともに、仲間との関係を構築していた。

精神性にさほど重きを置かない現代人なら、むしろこうした儀式の実用的な面――良好な衛生状態、健康的な睡眠ルーティン、充実した人間関係――を目標にするといいかもしれない。だが、最終結果は同じだ。人生を改善する習慣を確立したいと思うなら、その習慣に行動その

修道女が着用する修道服は、中世の簡素な服を基にしたものだが、現在も「ハビット（習慣）」と呼ばれている。
『時禱書』（ベルギーのリエージュで使われていた）, fol. 93r, 1300～1310年頃（一部）
ウォルターズ美術館、ボルティモア; W.37

ものを超えた意味、理想とするあり方に結びつく意味を与えるのが最良の方法だ。その習慣に自分のアイデンティティーを強化する意味があれば、たとえやめたいと思うときがあったとしても、続けられるだろう。中世の修道士にとって、修道士、すなわちイエスの僕《しもべ》であることが自己認識の根本にあり、それにより修道院の儀式を継続できたし、たとえ自分を見失いそうになっても、容易に立ち返ることができたのだ。[25]

中世の修道士を参考にして習慣を確立し、生活を効率化するためのもうひとつの方法は、その規則正しい日々の過ごし方をまねてみることだ。修道院の日常は、年中行事と時課の典礼に基づいていて、これに沿って修道士はいつ、何を祈り、読み、歌うべきかが決められていた。修道士は礼拝を行い、休憩し、他の務めをして、再び礼拝を行い……といったスケジュールで毎日を過ごしていた。

生産性を高めるための方法として今日よく用いられているのが、フィジカルトレーニング戦略のひとつＨＩＩＴ（高強度インターバルトレーニング）だ。「短距離走」でこのトレーニング法を行う場合は、まずタイマーをセットし、その決められた時間いっぱい集中して全力で走ったあと、自分へのご褒美として休息を入れるか、他の運動を行う。このトレーニング方法の根拠は、短時間であれば――とりわけその後にご褒美が待っている場合は――何かに集中することははるかに容易になるということだ。

現代の生産性の専門家は落胆するかもしれないが、中世修道院のライフスタイルを見れば、当時すでにこのシステムの有用性が理解されていたことがわかる。修道士たちは仕事や祈りの時間だけでなく、食事、余暇、入浴の時間までも決まった時間に行っていた。聖ベネディクトも「(晩課が)終了すると、短い休憩をとり、その間に修道士たちが外に出て用を足せるよう時間を調整します」とこのことに触れている。[26]

公平を期すために言っておくと、中世の修道士は、人々や情報があふれる世界と常時つながれるスマートフォンを所持していなかったため、長時間ひとつの仕事に多少集中しやすいという点では有利だった。とはいっても、私たちは――ときにはそう思えるとしても――スマホの奴隷ではない。中世の修道士のようにひたむきに何かに集中してみたいと思うなら、彼らがどうやってそれを成し遂げていたかに注目してみるといいだろう。

ミニマリズムの中核となる考え方は、自分にとって重要なことに集中できるように、気を散らすものを減らすということだが、ミニマリズムが中世の修道生活の根本的な要素であった理由も同じだ。中世世界では、今日のようにスマホの通知が届いて気を散らすようなことは少なかったのは確かだ。それでも、私たちはどれだけの刺激を取り入れるか、どの活動に参加するかを自分でコントロールできる。所有物を最小限にして、充実した真の人間関係で生活を満たし、良い習慣を確立できたなら、修道生活の次の段階、すなわち内面の平安へと歩みを進めるのに必要な余裕が生まれるだろう。

第三章
内面を見つめる

平和を尋ね、これを追い求めなさい
ヌルシアのベネディクト、『聖ベネディクトの戒律』

ミニマリズムと並んで、現在最もトレンディなムーブメントのひとつに「マインドフルネス」がある。緑豊かなヨガのリトリートのオンライン広告から企業の回覧メモまで、今ではあちこちでこの言葉を見かけるようになり、果ては、レジ待ちの行列のそばに「マインドフルネスを実践しよう」と太字で書かれているのを目にしたこともある。多忙で、常に騒音やニュース、おしゃべりにさらされている現代人に、マインドフルネスはペースを落とし、自分自身――自分の価値観、ニーズ、目標――に目を向ける方法を提示してくれる。中世の修道士にとって、マインドフルネスとは、自分自身、そして宇宙における自分の居場所を自覚している状態を意味した。中世の修道士からマインドフルネスのレッスンを受けるのは、個人としての自分、さらには、すべてとつながった存在としての自分を取り戻すのに良い方法だ。

瞑想の効用

この世のすべてを……忘れ、完全に体を離れるのだ。すると、天からあなたの胸のあずまやを訪れた敬愛する救い主をまばゆい愛が包み、救い主があなたの願いをすべてかなえるまでしっかりと抱きしめているだろう。

『隠遁者の戒律』

瞑想には中世のはるか以前から数千年の歴史があり、間違いなく将来も続いていくだろう。今日瞑想は、東洋の宗教、とりわけ仏教と関連づけられがちで、キリスト教とは何の関わりもないようにさえ思える。だが、仏教でもキリスト教でも、修行には祈りとともに瞑想が取り入れられている。

祈りは能動的な状態と評する人もいる。神に語りかけ、助言や指導を求め、悲しみや感謝を表すからだ。それに対し、瞑想ははるかに受動的な状態と評されることが多い。瞑想中は神の声に耳を澄まし、与えられるあらゆる教え、導き、慰めに心を開いている。ひとりで座り、自分の願いさえ気を散らすものとして排除することで、啓示を受けとりやすくなる。結局、『隠遁者の戒律』に書かれているように、「天使は人混みの中には姿を現さない」のだ[1]。祈りと瞑想の境界線は曖昧になりがちだが、「語りかける」か「耳を澄ます」かの違いは有用な指針となる。

今日では、瞑想とは静かに座って無心になることという考えが広まってしまい、この達成困難な目標を追求するうち、多くの人がギブアップしてしまう。それよりは、瞑想中は（できるだけ）ひとつのことに集中するべきではあるが、やむをえずよそごとを考えてしまっても、すぐにこの集中の状態に戻ればいいと考えてみてはどうだろう。一般に、現代人は呼吸に集中するか、「今ここ」に意識を向けることに集中する。それに対し、中世の修道士は、瞑想中は宗教的なテーマに集中していた。

中世において、キリスト教における瞑想の主要なテーマは、イエスの死すべき体、とりわけその受難［十字架の苦しみと死を指す］だった。永遠の救済を可能にしたのは、他ならぬイエスの受難であることから、これは神学的に理にかなっているが、実際的な見地からも納得できる。生

ときに瞑想は、心を静め、神の慰安や霊感に心を開く方法と見なされる。
『祈禱書 *Prayer book*』, fol. 14r, 16世紀初頭（一部）
ウォルターズ美術館、ボルティモア；W.432

身の体を持つイエスは、神格化されたイエスよりはるかに共感しやすいからだ。宇宙の広大さを理解することは困難でも、肉体的な痛みなら誰もが深く共感できる。イエスの生身の苦痛への深い理解が、イエスの犠牲の偉大さへの理解につながると考えられたのだ。

この形式の瞑想を最も深く探求した人の中には修道女も含まれ、中でも有名なのは隠遁者のノリッジのジュリアンだ。彼女は一五世紀に、瞑想中に見たイエスのヴィジョンについて書物を著している。イエスは多くの場合、血や汗、涙を流していた。ジュリアンが最初に見たのは、いばらの冠をかぶったイエスの姿だった。

突然、花冠の下から赤い血がしたたり落ちるのが見えました。熱い、新鮮な血が大量に流れたのです。キリストの受難のとき、聖なる額にいばらの冠が押しつけられたかのようでした。[2]

そのヴィジョンは、ジュリアンがイエスとともに苦しむ許しを乞うたとき、それに応えるように現れた。とはいえ、修道士の瞑想は陰惨なものばかりではなかった。先ほど引用した『隠遁者の戒律』の一節のように、ただ座ってイエスの愛を感じながら心地よい瞑想に浸るというものなら、私たちも十分に受け入れられるし、やる気になれる。修道士たちは聖人のみわざ、十二使徒の忠誠、聖母マリアの恩寵《おんちょう》についての瞑想も奨励されていた。『奇跡についての対話』（ハイスターバッハのカエサリウス著、一三世紀のシトー修道会で起きた出来事を集めた

修道士はイエスの受難をより深く理解するために、生身のイエスについて瞑想するよう奨励された。
『祈禱書 *Prayer book*』、fol. 57v, 1500年頃（一部）
ウォルターズ美術館、ボルティモア; W.436

書物）では、修練士に「祈るときは話をしてはいけない。ひたすら救世主の降誕、受難、復活など、イエスについて知っていることを思って瞑想しなさい」（丑田弘忍訳）と告げている。[3]ジュリアンの瞑想にも、穏やかなものもあったようだ。例えば、イエスからヘーゼルナッツを手渡されたヴィジョンを見たときには、こんな小さなものにも神の広大な愛が宿っていることを知ったと回顧している。[4]

瞑想が精神や身体に与える恩恵については、現代の科学者によって研究され、今も研究が続けられていて、驚くべき結果が出ている。瞑想によって人は穏やかな気分になり、トラウマ、不安、抑うつ状態にうまく対処できるようになって、回復する人もいることが証明されてい

特に女性にとって、最も一般的な瞑想のテーマのひとつは、イエスの死に対する聖母マリアの苦しみだった。
『聖ヨハネに支えられる聖母マリア』、1340 ～ 50年頃
メトロポリタン美術館、ニューヨーク

る。ここまでなら予想通りかもしれない。しかしながら、驚くべきことに、瞑想の効果は、瞑想をやめたあとも継続するらしい。人は瞑想を行うと、その後何年も感情をうまくコントロールでき、その結果、長期にわたり日々のストレスにうまく対処できる。多くの医療従事者が毎日二〇分間の瞑想を勧めるが、わずか三分間でも瞑想を習慣にすれば、メンタルヘルスが改善することが研究によって証明されている。[5]

中世の修道士といえば、精神的に落ち着いた人というイメージが思い浮かぶ。それは今世で自分はいるべき場所にいるという確信と、良く生き、良き死を遂げたなら、永遠の至福が得ら

このイエスの傷ついた手を描いた絵のように、聖なる画像はそれ自体が霊力を持つと信じられていて、瞑想の良き対象だった。羊皮紙にたまった汚れは、このページが頻繁に使用されたことを示している。
『時禱書 *Book of hours*』、fol. 140v, 1460~70年頃（一部）ウォルターズ美術館、ボルティモア; W.202

れるという信念から来ていたのかもしれない。結局のところ、彼らの穏やかな幸福感も日々の瞑想のたまものであり、その実践によって、自分にとって最も重要なことに精神を集中できたのではないだろうか。

瞑想のテーマに何を選ぶにせよ、頭の中で問題点ばかり思い巡らすのではなく、ポジティブなことやニュートラルなことに焦点を当て、中世の修道士のように、定期的な瞑想の習慣を確立したなら、たとえ貞潔の誓いは立てなくても、私たちも永続的な平穏と安らぎが得られるだろう。

読書の習慣

親愛なる修道女たちよ、ときには祈りを減らしてでも、読書を増やすべきだ……読書の間に心がよろこびを感じると、信仰心がわき起こる。それは多くの祈りと同等の価値がある。

『隠遁者の戒律』

修道士、とりわけ幼くして修道院に入った者は、正規の教育を受けていたが（第四章参照）、教育のおもな目的は読み方を教えることだった。読書は単なる趣味ではなく、修道生活の中心的な要素であり、修道士は毎日、特に日曜日には、かなり多くの時間を読書に費やすよう求められた。

修道士にとって、聖書の文章、中でも旧約聖書の『詩篇』を覚えることは必須だったが、修道院の図書館には、聖書や『聖ベネディクトの戒律』の他に、多数の貴重な書物が所蔵されていた。その中には聖ジェローム（ヒエロニムス）や聖アウグスティヌスら初期の教父の著作も含まれていた。彼らは罪人でも回心すれば聖人の位に列せられるという良き手本であるだけでなく、神学の大家でもあり、彼らの著作を土台として中世の教会思想が構築された。

他にも、聖人伝、すなわち聖人の悲惨な試練や殉教、超能力を詳述した胸躍る物語もあった。聖人伝の中には現代の冒険物語やテレビ番組と同じくらい下世話なものもあり、聖カタリナのような女性の聖人は、しばしば異教徒の敵によって裸にされる。その後、拷問にかけられ、殺されるが、その間に奇跡を起こすのだ。聖人伝には、下世話な文章に加えて、啓示よりは好色な妄想を呼び起こしそうな聖人の絵が含まれているものもあったので、それを見た修道士は、あとで告解しなくてはならなかっただろう。

近世はルネッサンス、すなわち古典の「復興」と関連づけられることが多いが、その前の時代にあたる中世に生きた修道士は、プラトンやアリストテレスら古代の思想家の著作に精通し、その思想を複雑な方法でキリスト教に取り入れた。アリストテレスの自然哲学に関する概念は、聖書の教えと矛盾するように思えたにもかかわらず、特に高く評価された。その概念は

聖人伝には、教訓だけでなく奇跡や暴力を含む興味を引くような逸話が含まれていたが、この聖カタリナ（絵）の物語のように、裸身が掲載されている場合さえあった。
ランブール兄弟（活動時期1399 ～ 1416年）、『ベリー公ジャンのいとも豪華なる時禱書　*The Belies Heures of Jean, duc de Berry*』、fol, 17v, 1405~1408/9年（一部）
クロイスターズ美術館、ニューヨーク

現実世界の仕組みに光を当てていて、修道士といえども現実世界の真相は無視できなかったからだ。

修道院の図書館は、古代の思想家の著作だけでなく、古代および当時の医学者の書籍も所蔵していた。六世紀の修道院長カッシオドルスは、自身の修道院の修道士に対し、古代の医学書を読むべきだと明確に述べている。


まず、ディオスコリデスの『薬物誌』。彼は野辺の薬草を驚くべき正確さで取り上げ、描写している。次は、ラテン語に翻訳されたヒポクラテスとガレノス……最後に、カエリウス・アウレリアヌスの『医術について *On Medicine*』とヒポクラテスの『薬草と治療法について *On Herbs and Cures*』、それ以外にも医術に関するさまざまな文献を読むべきだ。神のご加護のもと、これらの書物はわが図書館の収納棚に保管されている。[6]

カッシオドルスが、神のご加護のもと、修道士のためにこれらの蔵書を集めたと明言していることから、古代世界の英知は、たとえ異教徒のものであっても、見下されることなく尊重されていたことがわかる。

さらに驚くべきことに、中世の修道士は、古代人の著作だけでなく、イスラム思想家の著作も収集していた。医学、天文学、物理学、数学の知識において、イスラム思想家の多くはヨーロッパ人よりはるかに進んでいたのだ。ヨーロッパ人にはアヴィケンナとして知られているア

修道士たちには個々に四旬節に読む本が貸し出されたが、丁寧な扱いが求められた。
『ボープレ交唱聖歌集 *Beaupré Antiphonary*』、vol. 3, fol. 207v, 1280年頃（一部）
ウォルターズ美術館、ボルティモア; W.761

ブー・アリー・アル゠フサイン・イブン・アブドゥッラーフ・イブン・スィーナーの『医学典範』は医学研究の頼れる教科書であり、ムハンマド・イブン・ムーサー・アル゠フワーリズミーの代数学を土台にして、キリスト教思想家は多くの数学的発見を成し遂げることができた。[7]

しかしながら、ほとんどの修道士は、修道院の蔵書を勝手に閲覧することは許されていなかった。図書は、各修道士が獲得すべき知識を考慮して与えられた。例えば、四旬節の初めには、図書館員は各修道士の精神的啓発に役立ちそうな本を手渡した。バーンウェル修道院では、現代と同様に、図書館員が本の借り手を注意深く追跡し、「書名と借り手の名前を記録」していた。さらに、図書館員は「読本の誤り」を訂正し、ほこりを払い、修繕し、さらには修道院の本の製本も担当していた。[8]

中世において、読書は必ずしも無言で行うものではなかったが、修道院では他者の迷惑にならないよう静かに読むべきとされていて、ページをめくる音にさえ気を配った。[9] 聖ベネディクトは、読書の際は静かに、集中して読むように指示し、他者の邪魔になる修道士に対しては手厳しく警告している。

まずなによりも年長者を一人あるいは二人確実に指名し、修友たちが読書に従事している間に修道院を回り、怠慢に陥りあるいは雑談にふけり、読書に集中せず、自分に害をおよぼすだけでなく、ほかの修友たちの気も散らすなどする怠惰な者がいないかどうかを調べさせなければなりません。もし、あってはならないことですが、そのような者がいたなら、一度または二度叱責します。そのうえで、もしまだ改めるところがない場合には、他の者に警告を与えるために、戒律に規定された罰を加えます。[10]

修道士にとって読書がいかに重要であったかは、いくら強調しても強調しすぎることはなく、多くの現代人も同様の考えを持っている。ハイアチーバー［学業や仕事でずば抜けて高い成績を上げる人］の多くが、日々の読書は成功の主要な秘訣《ひけつ》だと認めている。[11] インスピレーショナル・スピーカー［聴衆に感動を与えて啓発する講演者］で作家でもあるアール・ナイチンゲールは、「ひとつの

聖ベネディクト（絵）は、修道士たちに読書の習慣を養うよう強く求め、他の修道士の集中を邪魔する者には罰を与えると断言した。
『祈禱書　*Prayer book*』、fol. 21r, 16世紀初頭（一部）
ウォルターズ美術館、ボルティモア; W.432

テーマを毎日一時間学習すれば、数年のうちに世界的な専門家になれる」という有名な言葉を残しているが、修道士の目標は、もちろん、神学の専門家――人に教えを説くには至らなかったとしても、少なくとも神学の理解において――になることだった。

ひとつのテーマについて深く読書することは重要で、それでこそ専門知識が身につくわけだが、同じくらい重要なのが、修道院の図書館に多岐にわたる書物が所蔵されていることからもわかるように、幅広い読書だ。二〇世紀における最も有名な革新者のひとりであるスティーブ・ジョブズは、大学で幅広い講座を聴講したことが、アップル社製マッキントッシュのよく知られたユニークなデザインを生み出す重要な要素になったと認めている。彼が最も影響を受けた授業として挙げているのがカリグラフィー（書道）の授業だった。中世の修道士もこのインスピレーションの源ならとりわけ高く評価したことだろう。[12]

中世の修道士は、神学に共通の関心を持っていたが、聖書だけでなく他のテーマも研究することで、共同体全体ははるかに豊かになると理解していた。現代読まれている本をすべて容認はしなかっただろうが、当時彼らが読んでいた本は、一語一語手書きで筆写されていたことを考えると、広範な読み物が簡単に手に入る今の状況をうらやんだに違いない。現代はこのような知識と楽しさがいつでも手に入ること、そして、心の平安、共感、インスピレーション、喜びなど読書から得られる多くの恩恵を考えると、聖ベネディクトのアドバイスに従って毎日読書する習慣をつけることは、私たちの生活を向上させるための最もシンプルで楽しい方法のひとつだと言える。

過去の自分との和解

あなたの人生の、子供時代も青年時代も含めて、それぞれの年齢で犯した罪をすべて思い出しなさい。

『隠遁者の戒律』

現代の心理学者によると、つらい記憶や感情、トラウマに対処する最も有効な方法は、それを無視するのではなく、真正面から向き合うことだそうだ。否定的な感情を抑圧すると、精神の不調や苦悩を引き起こす。[13] この点に関しては、中世の修道士は異なった考え方をしていたようだ。彼らは日々の務めを行う間は、否定的な感情は払いのけ、感じないように努めるべきとされていたからだ。しかしながら、これには自分の（そして他者の）務めや集中を妨げないという以上の意味があった。修道士たちは、否定的な感情は煙のように消えていくと信じるほど単純ではなかった。このようにして、修道士や修道女は、務めを終えた静かな時間に、胸に抱えた悩みを神に打ち明け、助けを求めるようになっていったのだ。

現代のセラピーが中世の祈りと異なる点は、現代人は多くの場合、過去の不都合な状況をよ

告解は中世キリスト教の中心的役割を果たした。良心の呵責に苛まれていては天国に入れないからだ。幸いなことに、中世の修道士は告解、痛悔（悔い改め）、贖罪を行えば、過去の罪を消し去ることができた。
『アルブレヒト公のキリスト教信仰目録　*Duke Albrecht's Table of Christian Faith*』（冬の部）、fol. 112v, 1400 ～ 1404年（一部）
ウォルターズ美術館、ボルティモア; W. 171

く考え、自分が責任を負うべき部分を見極めた上で、明らかに責任がない部分は忘れるよう促されるということだろう。結局、メンタルヘルス上の問題を抱えている人は、人間とは過ちを犯しがちな動物なので、自分の間違いをあまり厳しく責めるべきではないとアドバイスされる可能性が高い。

　多くのことがそうであるように、こうした状況に関する中世の人々の見解は、尋ねる相手によって異なった。中世の教会は、確かに人間は過ちを犯しがちではあるが、だからといって簡単に罪から解放されていいわけではないと考えた。中世のキリスト教徒は、たがいの罪を許し合い、人間の持つ弱点を受け入れるべきと教えられる一方で、相応の償いをしなかったせいで煉獄や地獄へ落ちることがないように、自分の過ちには責任を負うことを重要視した。『隠遁者の戒律』はこのことについて、「善はわれわれ自身のものではない。われわれの善は神のものだ。だが、罪はわれわれ自身のものである」とにべもなく述べている[14]。

　興味深いことに、現代のセラピーと中世の宗教的信念には共通点もあり、どちらも問題は言葉で表すよう勧めている。現代人は自分の感情と向き合うために、感情を言語化するよう促されるが［心理学では「感情ラベリング」と呼ばれる］、感情を言葉で表す過程を経るだけで、しばしば苦痛が軽減されるという研究結果が出ている[15]。中世の修道士も、苦悩は自分がどんな罪を犯したために生じたかによって分類［キリスト教では、罪は傲慢、強欲、嫉妬、憤怒、色欲、暴食、怠惰の七つに分類される（七つの大罪）］するよう促された。憤怒《ふんぬ》や嫉妬といったネガティブな感情は分類しやすく、修道士は祈りや告解で苦悩の原因を言葉で表すことができた。例えば、アンセルム修道士の櫛《くし》を隠したのは、アンセルム修道士の容姿をうらやんだことから生じたと認識できた。罪を言葉で表して告解すれば、相応の悔い改めができる。それにより、修道士は神の記録から罪を消し去ることができ、彼の良心は罪の意識から解放された。

修道士や修道女は、過去に犯した罪の重荷を負い続ける必要はなく、祈りや悔い改め、懸命な労働によって過去の過ちを償うことで、罪を赦された。同様に、現代人である私たちも、自分を困惑させ、悩ませる過去の記憶と向き合って、責任を負うべきこと――または負わなくてもいいこと――を見極めたなら、自分の感情を言語化して、カウンセラーやセラピストの指導を受けるにせよ自力にせよ、その記憶を手放す方法を見つけよう。

身体について

『隠遁者の戒律』

敬虔な隠遁者は、どれほどの高みに達したとしても、たまには自分の体に敬意を表すために俗世間に降りていき、必要に応じて、食べ、飲み、眠り、仕事をし、世俗的なことを話したり聞いたりするべきだ。

修道院の菜園に関する箇所で述べたように、修道士や神学者は、宇宙の営みに興味を示し、神の計画とその素晴らしい作品について理解したいと熱望していた。神は人間を自身の姿に似せて創ったと信じられているが、その人類の一員として、神に関心を抱く人々が自身の生理に関心を持つのはごく自然なことと言えるだろう。

キリスト教徒は教義により、解剖を行うことを禁じられていたため、人体の構造に関する知識は、動物の死体や怪我人、過去の学者の著作に依存していた。とりわけイスラム教徒の医学者の知識は、中世の大半にわたり、西洋の医学者の知識よりはるかに進んでいた。それでも、ヒポクラテスやガレノスといった古代ギリシャの医学者から受け継いだ医学理論しか持ち合わせていなかったなら、中世の人々は、人体構造についてどうしようもないほど無知に見えたはずだが（奇妙なことに、古代の医学者は、そうした医学理論の責めをまったく負っていないようだ）、中世の修道士は、心臓が血液を送り出す仕組みから、頭部に受けた傷のせいでどのように人格が変化するか、あるいは尿の検体を調べて病気の診断を下す方法まで、人体のはたらきについてきわめて高度な見解を持っていた。

修道士たちは、解剖学の研究は称賛していたにもかかわらず、肉体自体は罪深いものとして軽視していた。そして、度を越した食欲や睡眠欲、性欲は、修道士にあるまじきこととしてしばしば罰せられた。こうした欲望に対して修道士が受けた体罰は残酷とも言えるもので、断食や毛のシャツ［一部のキリスト教団で罰として使われた、動物の毛で粗く編んだチクチクするシャツ］の着用から鞭打ちまで、さまざまなものがあった。一方、死体に対してはある種の敬意が払われたが、それは中世の生活の他のあらゆる局面と同様、神学に深く根ざしていた。前にも取り上げたが、イエスの死すべき体と受難をテーマにした瞑想は、実り多く、推奨される修行だった。肉体は常に私たちとともにあり、暗黙のうちによく理解しているものなので、神学を説明するためのよき手段でもあった。新約聖書『コロサイ信徒への手紙』一章一八節では、キリストについて「その体である教会の頭」だと説明されている。

修道士は、神の完璧さを反映するために、自分たちの肉体が可能な限り完璧な状態であるよう気を配り、そのために修練士も身体に障害を持たない者を好んで受け入れた。これは隣人を愛せよという聖書の教えとはいささか矛盾するが、聖職者と身体的「完璧さ」にまつわる神学的概念とは合致している。[16] 聖職者は身体的に美しくあるべきだが、それを自覚しては――うぬぼれという罪になるので――いけないというのは、言うまでもなくパラドックスだ（残念ながら、現代社会では今もこのパラドックスを、特に美しい女性に対して、要求しているように思える）。

中世の修道士が現代人と異なるのは、完璧な容姿が、現代のように極端に痩せた体型や盛り上がった筋肉とは結びついていなかったという点だ。中世の人々が思い浮かべる神のような姿とは、現在私たちが神のようだと想像する姿――例えば、映画『マイティ・ソー』の北欧神話の神をモデルにした主人公――とは異なっていた。彼らにとって、盛り上がった筋肉の持ち主とは長時間の肉体労働者を意味し、イエスは大工に育てられたことは信じられていたが、ヘラクレスばりの肉体の持ち主とは誰も思っていなかった。

キリスト教の苦行者、とりわけ女性の苦行者の中には、極端な断食で浮浪児のようにガリガリに痩せるのを良しとする人がいたようだ。これは「宗教的拒食症（spiritual anorexia）」と呼ばれる強迫観念だ。[17] しかしながら、このように痩せ衰えることに喜びを感じた理由はというと、理想の女性（中世における理想的な女性の体型とは、痩せ細った姿ではなく、今どきの女性誌が呼ぶところの「洋ナシ型」だったのだが）になりたかったわけではなく、誘惑を回避し、食べる喜びを否定したいという思いだった。『隠遁者の戒律』をはじめとして、女性に対する戒めでは、行きすぎた断食をしないよう警告されていた。過度な断食により病気になったり、体が弱ったりしてしまったら、神にしっかりと仕えることができなくなるからだ。何ごとも中庸が肝心である。

中世の修道生活は、瞑想を軸に展開されていた一方で、私たちが想像する以上に活動的だった。料理、洗い物、洗濯、暖を取るといった日常の仕事を代行してくれる機械がなかったため、修道士にはかなりの量の肉体労働が課せられていた。特にシトー修道会では、雑用を平修士に頼りすぎてはいけないという決まりがあったため、修道士は農作業なども担当していたが、これは健康の維持にも役立ったことだろう。まきを割って共同寝室に運んだり、手や体、食器、衣類を洗う水が入ったバケツを運んだり、食堂で食べ物や飲み物をトレイに載せて配ったりしていたので、引き締まった筋肉がついていたと思われる。

修道士は特定の体型を手に入れようと努力をしていたわけではなく、課された労働をやり遂げるのに必要な体力は維持しなければと考えていた。これは多くの現代人が見習うべき心がけだ。例えば、すでにお腹がいっぱいなら、四切れ目のケーキは断るとか、肉体の欲求をある程度却下するのは良いことだ。また、どんな食べ物を食べるべきかよく考え、注意を払って感謝とともに口にするという方法もやってみる価値はある。だが、病気になるまで食べ物を我慢したり、過度な運動をしたりする必要はないし、そのために人生でやりたいことができなくなるのは愚かなことだ。マスコミが勝手につくり上げた、神格を得るのと同じくらい実現が困難な体型にこだわるのではなく、何のために強靱《きょうじん》な体が必要なのかを自問してみるといい。そして、修道士のように、そのための活動を日課に取り入れ、病気を寄せつけない強い体をつくっていこう。そうすれば、ランニング、サイクリング、スイミングなどを楽しめる体力を維持でき、健康も生活の質も向上するだろう。

匿名の効用

善い行いでも、世間に引き出されたなら、うぬぼれのせいで価値を失うだけでなく、神の目には忌まわしいものと映る。

『隠遁者の戒律』

中世を研究する歴史学者にとって、最もストレスがたまるもののひとつは、中世の修道士らの活動や行動について、文献の著者名を調べてまとめる作業だろう。なぜかと言うと、中世の文献の大部分――中でも中世初期に書かれたもの――は著者が不明だからだ。まれに著者や筆写者の名前が判明するものもあるにはあるが、それ以外では研究者は特徴のある言葉遣いやつづり、筆跡などを手がかりに見当をつけるしかない。

中世の人々にしてみれば、名前を伏せていたのは、何も後世の読者や詮索好きな歴史家を困らせようと思ったわけではない。むしろ、内容をより明確に伝えるために、意図的に著者の存在を消したと考えられる。修道士が同じ服装をし、同じ詠唱を行い、同じものを食べ、同じ髪型をしていたのにも、実用の範囲を超えた理由がある。それは、自我を擲《なげう》つことにより、謙虚さを受け入れる方法だった。実際、著書の背後にいる個人を特定しようとする歴史家の探求は、修道士や修道女自身にとっては迷惑千万なことで、彼らの正体を暴こうとすること自体、いらぬ世話なのだろう（念のため言っておくが、私たち歴史家の目的はまったく別のところにある）。

『奇跡についての対話』の中には、ハイスターバッハのカエサリウスと名乗る修道士が、修練士に痛恨や告解といった概念を明確に理解させるために、歴史上の人物ならびに彼の同世代人が知っている人々の善き――ときには悪い――行いを示す何百ものエピソードを記録したものが収められている。カエサリウスは意図的に自分の名前を隠して、序文に「著者の名前がわからなければ、誹謗《ひぼう》する人は何も言えず萎縮するからである」と述べている。[18] つまり、著者を気に入らない人がいたとしても、そのせいで内容の価値が損なわれなくてすむというのだ。と言いながら、どうやらプライドに惑わされたか信ぴょう性を高めるためか、カエサリウスは自分を抑えられなかったようで、ヒントを与えている。各セクションの冒頭の文字を並べたら、自分の名前になるように細工をしているのだ。これがなければ、著者の名前が世に出ることはできなかっただろう。

『奇跡についての対話』のエピソードに出てくる修道士の多くが誰であるかを、カエサリウスや彼の知人は知っていたと思われるが、興味深いことに、ほとんどの名前が曖昧にされていて、単に「修道士」とか「ある書記」などと記されている。その理由としては、カエサリウスが名前を知らなかった場合もあれば、告解において他人の名前を出してはいけないという規則に反するからという場合もあったことだろう。[19] あるいは、カエサリウスが「私はその修道院や騎士の名前を挙げたくはない。彼は依然生存しているので、私が話すことで彼に恥をかかせないためである」と述べているように、配慮の結果である場合もあった。[20] 序文で宣言しているように、カエサリウスは必ずしも名前を明らかにする必要はないし、名前を出したために弊害をもたらすこともあると考えていた。著者や登場人物より、そのエピソードの教訓のほうがはるかに重要だということだ。

この謙虚さは他の作品でも見られ、そのひとつが前出の隠遁者ノリッジのジュリアンの著作だ。彼女は本名が不明だったため、この名は隠遁場所だった聖ジュリアン教会にちなんで名づけられた。マージェリー・ケンプという巡礼者の自伝をはじめ、ジュリアンとの会話が含まれる同時代の文献や、ジュリアンを支援するため死後に寄付する旨を記した遺言書にさえジュリアンという名前は使われていないことから、当時もほとんどの人は彼女の名前を知らなかったと推察できる。ジュリアンもカエサリウス同様、著作の中で自分が何者であるか説明する必要を感じなかったし、名前を出すことで著作に弊害をもたらしてはならないと思ったのだろう。彼女自身の記述によると、ジュリアンは中年以降に隠遁者となったため、彼女の評判を傷つけたい人々がそれ以前の人生を詮索しようとするかもしれない。だから、彼女の愛と希望のメッセージに焦点を当てるためには、匿名のほうがいいと考えたのだ。[21] それ以後人々は、彼女の正体を知らないままジュリアンの言葉を数え切れないほど引用してきた。このことは、結局本名か匿名かは大した問題ではないことを証明していると言えるだろう。

現代社会では、匿名は武器やツール、ギフトとして利用されている。ソーシャルメディアでの匿名アカウントは、中世の敬虔な修道士なら震え上がりそうな誹謗中傷から身を守る盾となってくれる（ただし、中世に悪質な修道士はいなかったと言っているわけではない）。また、匿名でコンテンツをシェアすることで、中世と同様、コンテンツの送り手よりメッセージそのものが重視される。さらに、例えば性的暴行や弾圧の被害者は、匿名を使うことで自分の生活や生命を失うことなく真実を語れるのだ。

今日、私たちは個人主義を声高に、誇らしげに標榜《ひょうぼう》して生きることができる。これは中世の多くの人々が経験できなかった素晴らしい自由だ。だが、他者の声を引き立てるために自分の声を潜める――自分が注目を浴びないように、他者のツイートを引用ではなくリツイートしたり、拡散したりする――ほうが良い状況もある。中世の修道士にもこうした状況は少なからずあった。基本的に聖書のメッセージは、個人より共同体全体の精神的幸福度を上げることを目的としているからだ。現代人である私たちも、自分に注目が向けられる前に少し立ち止まり、伝えようとしているメッセージは、自分の正体を明らかにしないほうが有益ではないかと考えてみるといいだろう。

感謝を示す

心から愛する修友たちよ、わたしたちを招かれる主のこの言葉ほどに甘美なものがあるでしょうか。見よ、主は、わたしたちに対する慈愛の念から生命の道を示しておられます。

ヌルシアのベネディクト、『聖ベネディクトの戒律』序

キリスト教の核心には、イエスを信じ、心から悔い改める者には、永遠の平安と癒し、喜びが与えられるという約束がある。この条件を満たせば、誰でもこの約束の恩恵にあずかれることが、信徒にとってこの世での平安、癒し、喜びの源であり、途方もない感謝の念があふれ出

る理由でもあった。中世の修道士の感謝を捧げる修行の核心にあるのは、天国で彼らを待つ永遠の生命に対する感謝だが、それに加えて修道士は日に何度も、重要なことにもささいなことにも、常に感謝の気持ちを向けることを習慣にしていた。

中世は、何ごとにおいても生きるのが困難な時代だった。温度調節可能な家も、スーパーマーケットも、抗生物質もない時代で、人々は現在と比べものにならないほど環境要因に翻弄されていた。例えば、雨が多いと厳しい寒さ、飢餓、さらには死をもたらした。彼らはおそらく今日の私たち以上に、一回の呼吸、一回の食事、友人と過ごす一瞬を神の恵みと認識し、感謝を捧げたのだろう。

修道生活における感謝は、さまざまな意味においてシンプルだった。神なしには何ものも存在せず、イエスなしにはすべての人は未来永劫《えいごう》地獄に堕ちる。この視点に立てば、感謝を捧げずにはいられない。それでも、修道士も人間なので、感謝の念を呼び起こすものを必要とした。

最近のトレンドのひとつに、「タッチストーン」がある。これは石をひとつポケットに入れて持ち歩き、触るたびに人生における良いことへの感謝の気持ちを思い起こすというものだ。カギや小銭を取り出そうとしたときや、単にポケットに手を入れたときにその石に触れたなら、少し立ち止まって感謝を捧げる。中世の修道士も同じように、イエスの犠牲に対する感謝の念を忘れないために、十字架の印を使っていた。修道院の教会から共同寝室まで、十字架は至るところに配置され、バーンウェル修道院長による修練士への教えにあるように、修道士は椅子に腰掛けるたびに、修道服を十字の形に折りたたんだ。バーンウェル修道院の修練士は一日の間に何度もキリストの受難を思い起こすために、次のような方法も教えられた。

ベッドに入るときは、三度十字を切って自分とベッドを祝福し、起床するときも同じように十字を切って自分を鼓舞すること……食べ物は、自分または他者によって祝福を受けるまで口にしてはならない。そして、食べ終えたら神に感謝を捧げること。[22]

こうしたちょっとした瞬間や身振りはすべて、こうした恵みにあずかれるそもそもの理由を修道士の心に思い起こさせ、しかるべき感謝の念を呼び起こすための機会だった。彼らが朝課に対して、あるいは、四旬節の三六日目に皿のウナギ料理を見て、実際に何を思っていたとしても［修道士は肉食を禁じられていたため、食事には当時安価で手に入りやすかった川魚のウナギが頻繁に使われ、食傷気味だったようだ］。

ただし、こうした象徴的な動作は、あまりに頻繁に繰り返していると、本来の意味を見失ってしまうおそれがある。私たちもポケットの中の石に何度も触っていると、そのうち石に触っても無視するようになるかもしれない。だが、中世の修道士もそうだったように、特に他者が同じ動作を行っているのを目にしたときは、その習慣を始めたそもそもの目的に立ち返ることができるのではないだろうか。

現代の研究から、起床時や就寝前に感謝の気持ちを表す習慣をつけると、その人の気分や成功に良い影響をおよぼすことがわかっている。[23] 一日を始める、あるいは終える前に感謝を捧げる時間をとることで、全体的な幸福感が高まるという。内省のための時間は短くてかまわないが、専門家は感謝の対象となる事柄を三つから五つほど書き留めておくよう勧めている。楽しかったことを記録しておくと、苦境に立ったときに振り返ることができるからだ。幸い、私たちはそのために高価な羊皮紙を買い求める必要はない。メモ用紙や付箋を使ってもいいし、きれいな「感謝日記」がいろいろ市販されているのでそれを買ってもいい。あるいは、便利な通知機能が付いたアプリをダウンロードするのもいいだろう。感謝を生活に取り入れる方法はいろいろあるが、修道士に倣って日々の習慣にすることで、長期的に幸福度が高まり、より大きな成功がもたらされるだろう。

信仰を持ち続ける

ぜいたくな安楽さを享受しながら、天に昇れると思ってはいけない。

『隠遁者の戒律』

修道生活とは、同じ目的を持ち、同じように信仰心の篤い修道士や修道女が集まることで、信仰を維持しやすくするためのものだが、実際には、修道士や修道女は疑念や誘惑に悩まされていた。

忠実な信徒に困難が課せられるのにはそれなりの意図があったことを考えると、寒い夜や果てしなく続く断食、退屈な儀式の繰り返しの間に、彼らの心に疑念が浮かんだとしても無理はない。現代のメディアでは、修道士は心を持たないロボットのように描かれることも多いが、彼らは生身の人間であり、何のためにこれほどの節制に耐えねばならないのかと折に触れて自問せずにはいられなかった。疑念や絶望はその存在自体罪深いとされるカルチャーの中で、日々の苦難と信仰の欠如に対する罪悪感の重荷に耐えかねて、修道士の中には辞めて出て行く者や、自殺者さえ出た。

修道生活の退屈さと、その生活に意味を見出せない気持ちから生じる絶望は「倦怠(accidie)」と呼ばれた。カエサリウスは修練士に、この精神状態を以下のように説明している。


倦怠は精神の混乱から生じる気うつ、あるいは疲労感、それに極度の精神的苦痛である。これによって心の喜びは消え去り、分別は真っ逆さまに絶望へ堕ちていく。倦怠(accidie)は「酸(acid)」のように辛辣で、精神的修行が辛く、味気ないものに感じられる……倦怠や気うつのあとには、悪意、憎しみ、小心、絶望、命令に従うことへの抵抗感、考えが許されないことへ迷い込む。倦怠はよくある情動で、多くの人を絶望へ陥れる。[24](ハイスターバッハのカエサリウス、『奇跡についての対話』)

カエサリウスは続けて、倦怠に苦しみ、ベッドから起き上がるにも、任務を行うにも苦労している修道士のエピソードを語っている。

宗教指導者は倦怠を非難しながらも理解を示し、問題の改善に最善を尽くした。バーンウェル修道院では、気分が落ちこみ、気うつ状態にある修道士には、短い休息をとって気分をすっきりさせたり、親しい修道士と散歩したりして、精神的健康を取り戻すよう言い渡した。

　修道士は、修道院の煩雑な生活、長時間の沈黙、［聖歌隊］や長期間の断食に起因する疲労、もしくは睡眠不足や過労から健康を害することがある……こうした症状や同じような衰弱に悩む修道士は、読書や詠唱を始めとする、戒律に定められたその他の任務を適切に遂行することができない。それでも、こうした症状のために、［診療所］へ行き、そこに留まるのはよくない。必要なのは薬ではなく、休息と慰安だからだ。［許可を得た上で］ブドウ園や菜園、川岸を散策したり、修道院の境内地から出て野原や牧草地、森などへ出かけたりするといい……そして、気分転換のために、気にかけてくれる人々と食事をするのもいいだろう。少しの間［聖歌隊］、学習、修道院を欠席して、休息、食事、気晴らしをすれば、ほどなく以前のような健康状態を取り戻すだろう。[25]

教会自体は、絶望に陥った者はもはや神の計画や英知を信じられなくなっていると考え、絶望に対して強硬な姿勢をとっていたが、修道士や宗教指導者は、苦しんでいる人に明らかに同情を示していた。

絶望した修道士は、任務を免除され、休息を与えられるだけでなく、修道士に苦悩は付きものだと諭された。そして、厳しい試練を体験するのは善いことであり、絶望は誰にでも起こりうると確信を持った。「心が弱くなったときのために、大いなる励ましがもうひとつある」と『隠遁者の戒律』の著者は書いている。

塔も、城も、町も、すでに陥落したものは攻撃されない。たとえ地獄の戦士が誘惑を武器に攻めてきたとしても、すでに手中に収めたものは攻撃しない。攻撃するのはまだ手に入れていないものだけだ。[26]

誘惑に負けたり、倦怠を感じたりしたとしても、修道士が修行をあきらめる理由にはならない。なぜなら、それはまだ戦いのさなかだからだ。誘惑に負けることは失敗ではなく、乗り越えるべき試練なのだ。

これらの著者が勧めているのは、環境を変えることではなく、視点を変えることだ。苦難に焦点を当てるのはやめて、その先にある機会に目を向けよう。自己憐憫《れんびん》にかられていないで、その状況から何を学べるかを考えるのだ。

私たちはどんな会話に耳を傾け、会話に参加したりすべきかに気を配る必要があるが、自分自身の困難をどのように受け止めるかについても注意を払うほうがいい。現代の心理学によると、人は視点を変えることで、そのときだけでなく、将来にわたって困難によりうまく対処できるようになるという。ネガティブなことを繰り返し考え続けることは、メンタルヘルスに甚大な害をおよぼす。[27] そのような思考から自力で抜け出すのはかなり難しいが、中世の修道院の住人たちは、倦怠に陥っている者がいないか目を配り、悩んでいる者がいれば手を差し伸べて、その考え方を修道院の生活と折り合いがつくように調整する訓練を受けていた。私たちも、自分自身や友人のために同じことができる。ぐるぐると同じことを考えていると気づいたら、その考えをやんわりと調整して、負のスパイラルを止める練習をしていこう。

信仰のあるなしにかかわらず、逆境に陥ったときには『隠遁者の戒律』の英知にあふれた言葉を思い出してみるといい。生きていると誰もが苦難のときを経験する。このルールに例外はない。しかし、すでに戦いに敗れていれば、塔は包囲されることはないのだ。私たちは常に悲しみや苦しみを感じているわけではないが、人生は苦悩の連続だと思えるときもある。だが、生きてさえいれば、物事が好転する希望がある。そして、この希望に目を向けるとき、私たちはすでに暗闇から抜け出す道を歩んでいるのだ。

第四章
外の世界に目を向ける

愛と善意には高い効能があるので、本人だけでなく他者にも良い効果をもたらす。
『隠遁者の戒律』

中世キリスト教で重要な役割を果たしていたのは礼拝だ。現代社会において、私たちはコミュニティの重要性、そして、共通の目標に向かって努力することの重要性を認識しているが、その思いは、新型コロナウィルスのパンデミックの期間中に他人と距離をとることを余儀なくされたせいで、さらに高まったように思われる。中世の修道士は、修道院の塀の外の世界には関わりも貢献もしなかったように見えるかもしれない。だが、実際には、修道士や修道女は地域社会の人々の暮らしを向上させるために、数え切れない方法で貢献していた。そして、現代人である私たちもその恩恵を受けている。

知識の共有

魂がまだ、押されたものの型を取る蠟のように、可塑性に富み柔軟であるあいだ、あらゆる善への訓練に向けて、ただちにその初歩から導いてやる必要がある。

聖バシレイオス、『修道士大規定』

中世のキリスト教徒は、この世のすべての人間は生まれながらに罪人で、悔い改めなければ地獄に堕ちると信じていた。そのため、聖職者ができるだけ多くの人々を救うために、神という言葉を可能な限り広めようと心を砕いていたのは当然と言えよう。その最も効果的な方法が教育の提供だった。

今日でも多くの場合そうであるように、子供の最初の教師は母親だが、中世という時代の大半において、正規の教育は教会や修道院で提供されていた。騎士の訓練を始めるためによその家に里子に出される男子と同様に、修道院の学校に送られた男子は、七歳くらいから教育を受け始めた。[1] 女子は母親か家庭教師から教育を受けたが、ごくまれに女子修道院で修道女から教育を受ける者もいた。女子の場合、修道院で教育を受けるとたいていはそのまま修道女になったが、男子にはさまざまな職業に就く機会があった。

入学した子供は、最初にラテン語を習った。祈禱や詩篇、教会の礼拝で披露する歌を覚えなければならないからだ。ラテン語は長きにわたり（少なくとも西洋においては）学究的環境や宗教的文書として、ギリシャ語の代わりに使用されていた。聖職者から法律家まで――多くの人はこのふたつを兼ねていたが――教養人は話し言葉や書き言葉にラテン語を使っていた。修道士がミサの秘儀や教父の教えを学ぶには、少なくともラテン語が読めて、話し言葉として理解できることが不可欠だった。ラテン語の作文はまた別のスキルと考えられ、すべての修道士が習得していたわけではなかった。

修道士はラテン語に加えて、数学、音楽、科学、それに説得力のある論理的な議論をする方法を学んだ。中世は人々が宗教的教義に盲目的に従った時代だと広く考えられているが、実際には信仰の本質、天国と地獄、イエスの神性と人間性、神に仕える最善の方法について常に議論が行われていた。一般人は、聖職者は自分たちの疑問に答えてくれると信じていたので、修道士は神学を学ぶだけでなく、誤解やさらなる疑問を生まないように説明する方法を身につける必要があった。

若い学生（書生）が、施物分配係（修道院の慈善活動担当者）の世話を受けながら、修道院の境内で暮らすこともあった。バーンウェル修道院の『遵守事項』を読むと、どのような教育が行われていたかを垣間見ることができる。

施しを受けて生活し、修道院に寄宿している書生には、施物分配係またはその関係者の監督のもと、たがいに討論をさせ、より良く学ばせるために厳しく接するべきである。祝日には学校は休みになるが、外の通りを走り回ったり、喧嘩したり、口論したりせず、教会で読書や詠唱、聖母マリアの朝課の暗記に励み、羊皮紙への筆写を学び、単語のさまざまな意味を説明できるように手紙や文章を暗記するよう厳しく命じること。さもなければ、施物分配係は不適格者と断定して、品行方正な学生と入れ替えるべきである。[2]

聖ニコラスが救済した３人の少年は、トンスラから神学生と思われる。
『祈禱書　*Prayer book*』、fol. 164v, 1430 ～ 1440年頃（一部）
ウォルターズ美術館、ボルティモア; W.164

こうしたふとどきな書生は、修道院のほとんどの日課に参加を許されなかったが、教会の礼拝には侍者として参列した。[3] 前述したように、少年たちはあまりに乱暴で、人の修行の妨げになると見なされた。しかも、その多くは結局誓願を立てないまま、十代後半に修道院を出て行った。中には大学に進んで、司祭、教師、医者、法律家になる者もいた。

このように、問題を起こす可能性がある少年でも受け入れていたことから、修道院という共同体が、いかに若者の教育を重要視していたかがわかる。修道士は若者に、神学の基礎を授けることで道徳的な人生を送る方法を、教会の礼拝で小さな役割を与えることで責任感を教えた。そして、読み書きを教えることで、仕事で成功をおさめる手段を与えた。学生は成長のあかつきには大司教にも、王の相談役にも、聖人にさえなれるのだ。カンタベリー大司教のトマス・ベケットのように、修道院で教育を受けて、この三つのすべてになった人物も実在するのだから。

誰もが正規の教員になるわけではないが、私たちはみな、他者と分かち合うべき何らかの能力や知識を持っている。私たちも修道士たちのように、教育は自分たちの特権であるとともに責任だと考えるなら、機会を見つけて自分の才能を提供しよう。そうすれば聖バシレイオスが蠟《ろう》に譬《たと》えて提言したように、たがいに知性やスキルを高め合い、自分の足跡を残すことができるだろう。

記録を残す

私はセント・エドマンズベリ修道院に在籍中に起こった出来事による個人的な体験から、私が知っていることを記録しておきたいと前々から考えていた。ここに、警告と実例を提供するために、善い行いだけでなく、悪い行いも記述しておく。

ブレイクロンドのジョスリン、『セント・エドマンズベリ修道院年代記』

新型コロナウィルスのパンデミック初期の数か月、めまぐるしく状況が変わり、人々が感情を処理し、ルールを理解するのに苦闘していた時期に、歴史家はソーシャルメディアを通じて、人々に自身の体験をあるがままに記録するよう呼びかけた。当事者による記録は、私たち歴史家が歴史的出来事を再構築し、理解するための最も貴重な証拠のひとつだ。人々が気候の変化、政情不安、感染症の流行に自力で対処していた中世において、出来事を年代記として記録して後世に残した最大の功労者は修道士だった。

修道士は既存の文献を同じ修道院の人々、あるいはより広い世間の人々（この後詳しく述べる）と共有するために、多くの時間を費やして筆写していたが、一方で、自身の修道院の出来事を記録に残すことにも関心を持っていた。これはいわば歴史のための歴史――すなわち、出来事を将来世代にそのまま伝えること――だが、彼らが歴史を記録しておきたいと思ったのには、他にもさまざまな理由があった。いくつか例を挙げると、ある出来事の記念日を祝う（または追悼する）ため、地元の聖人が起こした、あるいは同時代人が目撃した奇跡を記録しておくため、所有物をめぐる論争を解決するためなどである。実際に、修道院は自身の歴史の記録を文書で残すことに執着するあまり、それを立証する資料を偽造することさえあった。[4]

修道院の年代記の内容は、院内の選挙といったきわめて世俗的な情報から、天気予報、ジョン王を始めとする王室への痛烈な批評、黒死病で次々と亡くなった修道士の悲惨な記録まで広範囲におよんでいる。悪魔や幽霊の目撃譚もあれば、修道院長への口さがない悪口もあった。その人物の顔が目に浮かぶような文章に出会うこともあり、第二章で取り上げた、一二世紀のセント・エドマンズベリ修道院の院長の描写もそのひとつだ。

サムソン修道院長は中背で、頭はほとんど禿げていた。顔は丸くも長くもなく、鼻は高く、唇は分厚い。目は水晶のように澄み切っていて、その視線は突き刺すように鋭く、聴覚もきわめて鋭い。眉はふさふさとして、頻繁に整えられていた。軽い風邪を引くとたちまちしゃがれ声になった。［一一八二年二月二八日の修道院長の］選挙の日、彼は四七歳で、修道士になって十七年が過ぎていた。そのときは赤毛のあごひげに白い毛はわずか数本しかなく、黒く波打った頭髪に白髪はほとんどなかった。だが、選挙から一四年を経るうちに、髪もひげも雪のように真っ白になった。きわめて真面目な人物で、決して怠けたりしなかった。ひじょうに頑健で、馬に乗るか徒歩で旅をするのを好んだが、さすがに年老いてからは控えるようになった。[5]

こうした描写を読むと、修道院が人間味あふれる場所だったことがわかるとともに、人の風貌と、それが他人の目にどのように映っていたかを覚えていることの価値に気づく。現代では顔認識の技術が発達したことで、このような表現方法は早晩廃《すた》れてしまうかもしれないが、こうした文字による描写を目にすると、写真の中の愛する人の名前を、歴史の中に消えてしまう前に記録しておかなければと痛感させられる。

歴史家にとって、修道院の年代記はまさしく情報の宝庫だ。その記録から、修道院の内外での出来事だけでなく、修道士の価値観、すなわち、好きなことと嫌いなこと、容認できることとできないこと、さらには社会や科学技術、人生全般に対する考え方まで読み取れるからだ。

ブレイクロンドのジョスリン著『セント・エドマンズベリ修道院年代記』には、一一九八年のある夜、朝課の直前にロウソクの火が燃え移って、セント・エドマンズベリの聖堂が火事になったときの様子が描かれている。ジョスリンの記述からは興味深い詳細がつぶさに見てとれる。

若い修道士たちが水を求め、ある者は雨水が貯めてある用水桶に、ある者は水時計へと走った。また、ある者は大変な苦労をして聖遺物箱を取り出し、頭巾で炎を消した。聖堂の前面に冷たい水をかけたため、装飾の宝石が落ちてほぼ粉砕されてしまった。

この短い抜粋からは、修道士の生活の一端がうかがえる。彼らは用水桶に雨水を貯め、水時計を使っていた。さらにジョスリンは、修道士が密かに金細工師を雇い、「世間に対する不名誉を避ける」ために聖堂を修理させたことや、のちに修道院長が、この騒動は修道士が「食べ物や飲み物のことで不平を言った」ことに対する天罰が下ったのだと非難したことにも触れている。ジョスリンは、少なくとも文中では、修道院長のこの身勝手な解釈に異議を唱えている。以前にも火災は発生しているので、聖人の遺体は「より安全で、より高い位置に」安置するべきだと彼は考えていた。[6]

ジョスリンの説明からは、修道士は常に物事を大局的に把握しようと努力していたことが読み取れる。彼らが世界を理解するために構築した思想体系の大半は、イエスの生涯の物語を探求する方法として、また、宇宙の驚くべき共時性――あらゆる場所に美しいパターンが繰り返し現れて、神の存在を裏づけているように思えること――を理解する方法として、寓意的に用いられた。修道士は年代記を執筆することにより、同時代ならびに将来の読者と同様に、さまざまな出来事を関連づけて理解できた。カエサリウスが『奇跡についての対話』で示そうとしたように、物語の教訓は後になって振り返ることで明らかになり、その中に神のはたらきが見えてくるのだ。

現代人にとって、過去のほんの数年間の出来事でも、年代順に記録して、その意味を考えるのは骨の折れる作業だが、それはプロの歴史家やジャーナリストが膨大な努力をしてくれるのに任せて、私たちは日記を書く習慣をつけて自分の生活に焦点を合わせよう。日に一行だけの日記でも記憶がよみがえり、振り返ってみると、自分がどこまで到達したか、どんなことを乗り越えてきたか、その体験からどのような影響を受けたかがわかる。また、ソーシャルメディアへの投稿を読み返せば、当時自分がどんな挑戦をして、どんな愉快な瞬間を過ごしたかを振り返ることができる。しかし、古いファイルへのアクセスを試みた人ならわかるだろうが、デジタル文書は紙に書かれた記録より、はるかに保存期間が短い。そのため、記録を後世に伝えようと思うなら、やはり中世の修道士を見習って、自分の考えや観察は手書きで残しておくべきだろう。

とは言うものの、自分の考えを記録するのは、後世の人々のためになるだけではない。日記をつけて、実際に体験したことを物語として再構築することで、乗り越えてきた出来事を理解し、受け入れる機会になることが研究からわかっている。修道士も出来事を再構築することで、困難な時期を乗り越えたのだ。深い信仰を持つ人や思索的な人にとって、日記をつけることは、宇宙や神の意志が日常生活にどのように働いているかを理解する手段になるだろう。記録した出来事から得た教訓をシェアすれば、自分自身だけでなく将来の読者にとっても、人生の意味やモチベーションを見いだす一助になるかもしれない。

イノベーションを受け入れる

愚か者のように、むやみに形式的な規則を守ると約束してはいけない……あなたが変えようと思えば、いつでもより良いものに変えられるのからだ。

『隠遁者の戒律 *The Ancren Riwle*』

中世世界に関する昔ながらの間違った思い込みのひとつが、教会は科学技術に反対する立場をとっていたというものだ。中世の人々は地球は平らだと信じていたという神話と同様に、この思いこみも簡単に反証できる。ただし、じっくり調べてみる価値は十分ある。この時代の科学技術の発展に、修道士の好奇心がどれほど貢献したかを探求するのはきわめて興味深いからだ。

修道院がイノベーションを後押ししていたことを示す最も明らかな証拠は、時計の使用だ。前述の通り、修道士は他の聖職者やきわめて敬虔な信者とともに、時課の典礼として一日の決められた時間に決められた詩篇や祈禱を歌ったり詠誦したりしなければならなかった。修道院でも「時間」という言葉は使われていたが、今日のように一時間は六〇分と決まっておらず、一年を通して昼間の長さにつれて長くなったり短くなったりした。修道士に祈りの時間を知ら

科学は非難されたり、恐れられたりするどころか、崇拝されていた。科学は修道士にとって、神が宇宙をどのように計画したかを理解する方法だった。この絵では、神はコンパスを使って球形の地球を創造している。
『世界の像　*Image du Monde*』、fol. 98v, 1489年（一部）
ウォルターズ美術館、ボルティモア; W. 199

せる役割を担っていた聖具保管係にとって、礼拝の鐘を鳴らす時間——しかも季節ごとに変わる——を知ることはきわめて重要だったため、教会は正確な時間がわかる道具を求めた。

中世の修道士は、時間の経過を追うために、あらゆる巧妙な方法を考案して使っていた。その中には、ロウソクに時間ごとの目盛りを刻み、燃えた長さで時間を計れるようにしたものとか、日時計や砂時計もあった。水の排出量で時間を計る水時計は、のちに音で時間を知らせるものも出現した。天体の位置も測定できる装置、アストロラーベも使われた。おもり（ソールズベリー大聖堂の時計はその一例）や巻線で作動する機械仕掛けの時計も作られた。機械仕掛けの時計は町の広場に設置するのが流行したが、そのずっと以前から教会や修道院には取り入れられていた。[7] 信じられないかもしれないが、現代の時間にとらわれすぎる文化は、教会が正確な時間管理を受容し、さらなる正確さを熱心に追い求めたせいだとする説もある。[8]

しかしながら、修道士が取り入れたのは時計だけではなかった。高性能の水車、進化したウサギ小屋、目次やアルファベット順配列といった書籍の内容の新しい整理法はすべて、修道士が世の中に対する好奇心のおもむくまま、昔ながらの問題への新しい解決法を創造し、実行に移したものだ。中世の写本の中には、福音記者自身が中世の技術革新のイメージキャラクターとして登場している。例えば、机に向かう聖マルコは、はからずも一二世紀の最新の技術革新である眼鏡のモデルを務めている。

修道士がイノベーションを活用していたという事実は、実のところ、何ら驚くに当たらない。修道士は、私たちと同様に、生活を簡便にできるものなら何でも取り入れていた。人生を

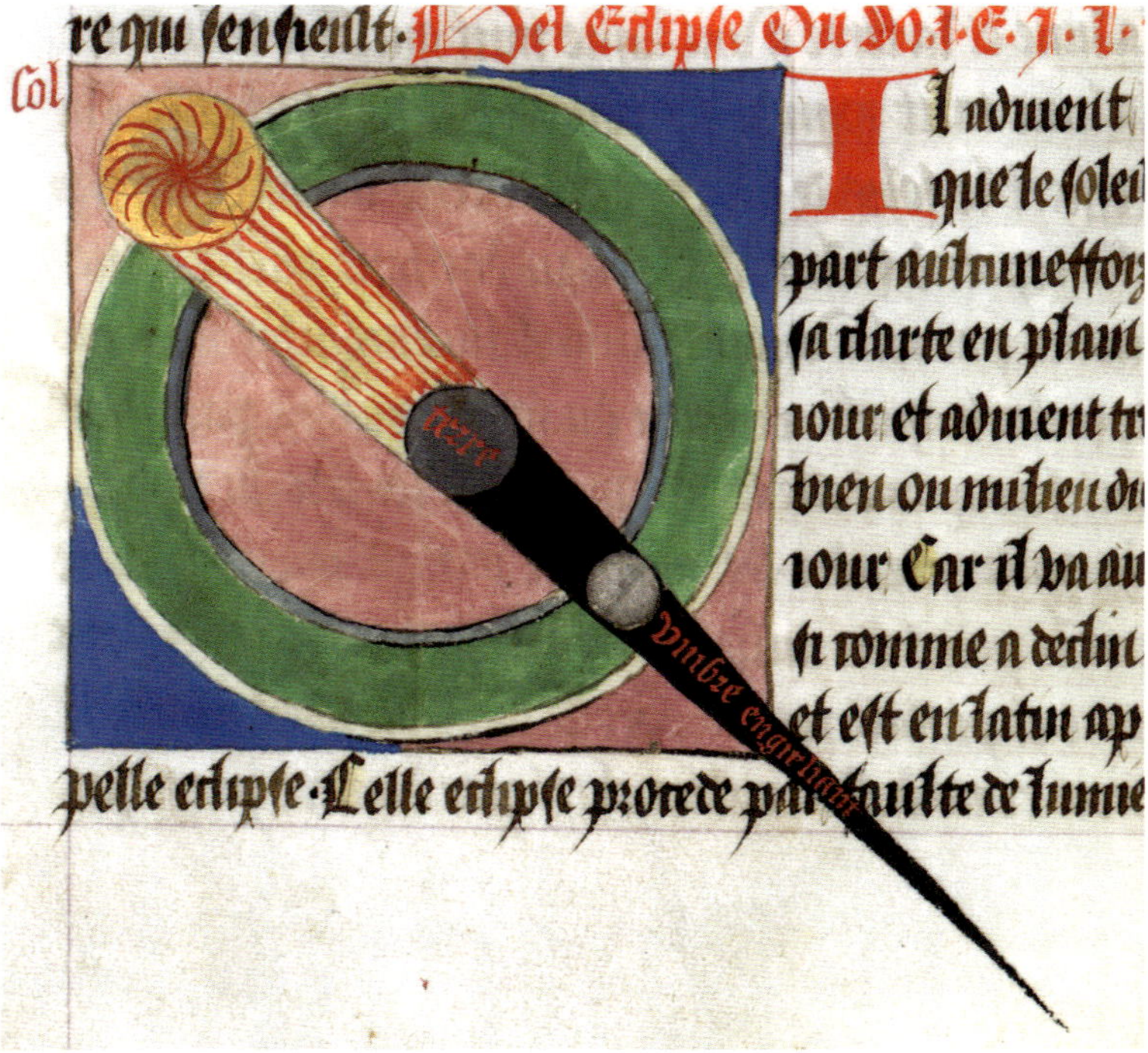

この図が日食を説明していることからもわかるように、中世の人々はさまざまな方面できわめて高度に科学を理解していた。
『世界の像　*Image du Monde*』、fol. 98v, 1489年（一部）
ウォルターズ美術館、ボルティモア; W. 199

捧げている修行に集中できるように、日々の仕事を合理化していたのだ。

現代の科学技術の目的も同じで、日々を効率良く過ごして時間と労力を節約し、重要なことに集中できるようにすることだ。少し時間をかけて物事の新しいやり方を学んだり、生活がより便利になる新しいアプリを見つけたりするのもいいだろう。だが、せっかく効率化を図っても、それにより生まれた時間を意味のない活動に使ってしまったら逆効果だ。そういう場合

中世の修道士は多くのことを正しく理解していた一方で、地球が宇宙の中心だと（ひとつには宗教的な理由から）信じていた。この図は彼らが信じていた天球における惑星の配置を示している。
『世界の像　*Image du Monde*』、fol. 91v, 1489年（一部）
ウォルターズ美術館、ボルティモア; W. 199

は、ミニマリズムに関する修道士の教訓（第二章）に立ち返ろう。だが、自分の生活を改善する方法を見つけたら、その方法を使って他者の生活も改善したいと思うのは人間の本性だ。自分で見つけた「ライフハック」を世間にシェアするとき、実は私たちは修道院の同胞たちの先例に倣っているのだ。イノベーションを活用して、自分自身のためにも他者のためにも、世界をより良い場所にしようとしているのだから。

修道院と病院

病人については、何よりも先に……その世話をしなければなりません。

ヌルシアのベネディクト、『聖ベネディクトの戒律』

現代社会では、信仰と科学の分離は重大事項として扱われるが、これまで見てきたように、中世では、信仰と科学はさまざまな面において不可分の関係にあった。このことを念頭に置けば、中世の最初の病院が修道士と修道女によって開設され、運営されていたと知らされても、驚くにはあたらないだろう。これが理にかなっていたのは、ひとつには修道院は病院に転用可能なインフラと資金を所有していたため、このようなプロジェクトを一から始めるより見通しを立てやすかったことがある。だが、もうひとつの理由として、修道士が慈善活動に対する義務感を負っていたことが挙げられる。

それでも、中世における最も立派な病院のひとつであるエルサレムの聖ヨハネ病院が、キリスト教徒にも非キリスト教徒にも等しく開放されていたと知ったら、現代人は驚くのではないだろうか。ただし、病気や怪我の治療は誰でも受けられたが、ユダヤ教徒とイスラム教徒は、医薬品とともにキリスト教の神学を押しつけてくる介護人に、服従せざるをえなかっただろう。こうした修道士（女）の看護師に言わせれば、患者の身体の手当てより、魂の手当てのほうがは

施物分配係は修道院の資金を貧窮者に分配する役目を担っていた。上部に硬貨の投入口がついたこの慈善箱は施錠でき、キリスト教徒の寄付金を人々が勝手に持っていけないようになっていた。
『慈善箱』、15世紀
クロイスターズ美術館、ニューヨーク

修道院の慈善活動の対象には、貧しさや身体的障害から生計を立てることが難しい人々も含まれていた。
『時禱書　*Book of hours*』、fol. 120v, 1460 ~ 1470年頃（一部）
ウォルターズ美術館、ボルティモア; W. 181

るかに重要だったのだ。身体はこの世かぎりのものだが、死後の世界は永遠に続くからだ。

中世の病院に配属された修道士——修道女のほうが多かったが——は、医療的支援とともに精神的な安らぎも与えながら、病人に奉仕した。中世で病院を運営するためには、食料やベッド、寝具類、医薬品の供給だけでなく、大学教育を受けた医者から洗濯係に至るまでのスタッフの雇用など、なすべきことは山ほどあった。中世の病院には、消毒薬も麻酔も抗生物質もなかった。つまり、現代の病院のように衛生的でも快適でもなく、消毒も行き届いておらず、現代人ならとても入りたいとは思えない場所だったが、それでも、例えば、パリの施療院オテ

聖マタイは中世の修道院でよく見かける傾斜した机を使って執筆している。このような机で書くと、羽根ペンからインクが出やすかった。
『時禱書　*Book of hours*』、fol. 43r, 1500年頃（一部）
ウォルターズ美術館、ボルティモア; W. 427

ル・デューの患者は、定期的に洗濯されるシーツがかかったベッドと温かい食事、精神的なケアをありがたく思っていたようだ。[9]「病院（hospital）」は「もてなし（hospitality）」と同じ語源を持っていて、修道士や修道女の介護の核心にあったのは、修道院で心を込めて客人をもてなすように、苦しんでいる人々に奉仕したいという思いだった。中世の病院は、単に病人を治療するだけの場所ではなかった。貧困にあえぐ人々や老人、障害を持つ人々に長期的なケアを提供する場所であり、貧しい母親たちが出産できる場所でもあった。[10]

ほとんどの修道士や修道女は、プロの看護師や医者になるための正規の訓練は受けていなかったが、必要な知識の大部分は、仕事をこなしながら身につけていった。正規の訓練は受けていなくても、使い走りや掃除のような単純作業を行い、心からの共感や思いやりで病人や死に瀕した人々の手を取って慰めを与え、苦痛や恐れのさなかにある人の心に安らぎをもたらす

ここで聖ルカが行っているように、宗教的目的、研究、分配に関する原稿はすべて、丹念に手で筆写された。
『クレーヴ公爵アドルフの時禱書 *Hours of Duke Adolph of Cleves*』、fol. 94r,
1480 ～ 1490年頃（一部）
ウォルターズ美術館、ボルティモア; W. 439

ことで、微力を尽くして苦しむ人々を助けたいという切なる願いを持っていた。実際のところ、私たちが病気になったとき、安心と慰めを与えてくれるのはほんのささいなことではないだろうか。心のこもった介助のしぐさは、医者の診察と同じくらい効き目を持ちうるのだ。

私たちはしばしば、自分には病人や困窮者を支援する力などないのではないかと考える。訓練を受けているわけではないし、特別な才能もなければ、人に与えるお金もない。それでも、修道士たちの例から学んだように、最も安らぎと癒しを与えられるのは、最も経験を積んだ人とは限らないのだ。誰にでも、苦境にある人々に貢献できることはある。それがたとえ心から幸運を祈ったり、話を聞いたり、共感を示したりといったささいなことだとしても。

写本の功績

修道院に特殊技能を身につけた者がいる場合、その者は、修道院長の許可があれば、謙虚にそれを活用します。

ヌルシアのベネディクト、『聖ベネディクトの戒律』

中世の修道士が世界に貢献した最たるもののひとつは、熟練した技術で丹念に作成された写

この見事な時禱書に見られる鮮やかな芸術は、貴族階級の後援者の信仰心と富を誇示するために作成された。
ランブール兄弟（活動時期1399 ～ 1416年）、『ベリー公ジャンのいとも豪華なる時禱書』、fol, 30r, 1405~1408/9年
クロイスターズ美術館、ニューヨーク

本と言えるだろう。彼らが写本の筆写と流通に果たした役割は、最終的には――修道院が所蔵する本も含めて――プロの筆写者に取って代わられたが、中世から伝わる最も美しく、豪華な彩飾《さいしょく》写本は、何百人もの修道士が何千時間もかけ、[11]明るく照らされた写字室で机の上に身をかがめて完成させた労作だ。

中世ヨーロッパ人は羊皮紙に文字を書いた。羊皮紙とは仔牛、羊、ときには山羊の皮を丹念になめし、伸ばし、こすり、脱色して作る薄い革で、インクを非常によく吸収する。インクも同様に大変な手間をかけて作られた。木炭から没食子《もっしょくし》［ブナ科の植物の若芽が変形し瘤になったもので、そのタンニン成分を抽出してインクの原料とした］までさまざまな原料が使われ、その他の植物性の原料や鉱物を混ぜ合わせて顔料を作り出した。同じように、絵の具も色鮮やかな鉱物や植物を組み合わせて作られ、絵の具ののりと伸びが良くなるように卵の白身を加えた。多くの中世の手写本には、最後の仕上げに金箔の装飾がジェッソ［画布の下塗り用の白色塗料で膠《にかわ》と石膏を混ぜ合わせたもの］で貼りつけられ、美しい輝きを出すために磨き上げられた。前述したゴシック建築の教会と同様、こうした写本も、労を尽くして神に捧げられた芸術品だった。[12]

前に述べたように、修道士は同じ系列の修道院から借用したり交換したりしながら、多種多様な書物の写本を制作した。こうした手写本には、修道院の図書館の蔵書に加えるものや、修道院から大学に派遣された修道士に提供するものなど、自身のために作成したものもあったが、裕福な貴族や王族から依頼を受けたものや、修道士が個人や教会に贈呈するために作成したものもあった。

時禱書の多くには暦が含まれていて、聖人の日が祝日として赤字で記されていた。これが記念すべき日を「red-letter day（赤字の日）」と呼ぶようになった起源である。これは九月の暦で、聖ジャイルズの日が赤字で、それより重要な祝日である聖母マリアの日が金色で記されている。聖母マリアの祝日は一年を通して何日もあり、これもそのひとつだ。
『時禱書』、fol. 9r, 1470年頃（一部）
ウォルターズ美術館、ボルティモア；W. 195

最も美しい手写本の中には、世界的に有名な『ケルズの書』や『リンディスファーンの福音書』のような見事な聖書の彩飾写本に加えて、依頼を受けて作成された時禱書もあり、それには時課の典礼で捧げられる祈禱も掲載されていた。こうした本には茶色や黒のインクで文字だけが書かれたものもあるが、鮮やかな色彩の豪華な挿絵、正確な細密画、装飾文字のイニシャルが入ったものもあった。富や信仰心を仰々しく見せつける大型本もあれば、ご婦人が日に何度も手に取るのに便利なように、ベルトにつけた革のポーチに入るほどの小型本もあった。

祈禱書とともに修道士が頻繁に筆写したのは暦だった。読者は暦を見て、重要な聖人の日や祝日を把握した。最も重要な日付は赤で記されていたため、赤で書かれた日はホリデー（holy day）と呼ばれ、仕事を休んでお祝いをする日となった。

筆写は多大な根気と時間を要する作業なので、修道士はくだらない情報を筆写して時間を浪費するのは避け、他者に提供する価値があると思える情報だけを筆写していた。

同様に、中世の写本に描かれた挿絵は単なる装飾ではなく、教えを伝えたり、思考を深めたりする目的も担っていた。ほとんどの写本の依頼人は字が読めると考えるのが妥当だが、写本を見るすべての人がそうとは限らなかった。そのため、本文に添えられた挿絵は、物語と教訓を伝え、理解させる手段でもあった。絵には記憶を助ける強力な効果があり、読者が目で読んだ言葉をイメージとして定着させる。だが、中世の挿絵には神聖な物体が描かれ、それが持つパワーを秘めているものもあった。例えば、イエスの傷が生々しく描かれたページを見た人は、そこに書かれた言葉だけでなく、イエスの受難についての熟考を促された。また、中世の

どれほど厳粛な文献であろうと、余白があるとどうしても色鮮やかな「マージナリア」（本文参照）を入れたくなるらしい。ここはイエスへの裏切りについて書かれているページだが、余白には『キツネのレイナルド *Reynard the Fox*』の葬列の場面に登場する、巡礼の衣装を身につけた楽しげなゾウが描かれている。
『時禱書』、fol. 73v, 13世紀後半（一部）
ウォルターズ美術館、ボルティモア; W. 102

読者が信仰心のあらわれとして、書物の中の聖なる絵にキスをするのも珍しいことではなかった。[13]

とはいえ、中世の写本に描かれた挿絵がすべて敬虔で神聖なものとは限らない。娯楽のためのくだらない、ふざけた絵もあった。そのほとんどは「マージナリア」［本文の余白に書きこまれた注釈や挿絵、落書き、装飾などを指す言葉］の形をとり、本文の周囲に色鮮やかな生き物や場面が描かれている。きわめて神聖な文章が掲載されたページに、騎士の扮装をしたサルや殺人者に見立てたウサギ、不敬な態度をとる修道士が描かれているものもあった。

このように、写本は絵と物語の両方を使って、見る人の気分を高揚させたり、笑いを誘ったりしながら人々に活力を与えた。現代美術と同様に、中世の絵にも荘厳なものもあればくだらないものもあり、何時間もかけた労作もあれば、一瞬の衝動で生み出されたものもある。マージナリアのばかばかしさを目にすると、技術レベルがどうであれ、また、何を描こうとしたかにかかわらず、絵とは他者にシェアするための表現手段であることを、あらためて認識せずにはいられない。

第五章 何ごともほどほどに

何ごとも節度をもっておこなわなければなりません。

ヌルシアのベネディクト、『聖ベネディクトの戒律』

厳格な修道院長は、概してオスカー・ワイルドを支持しなかっただろうが、それでも、彼の名言「何ごともほどほどが一番」には一理あると（渋々ながら）認めたにちがいない。修道院の生活は規則を重んじたが、人間は常に善人でいられるほど善良ではないことは理解していた。『聖ベネディクトの戒律』でさえ、多くの規則には最初から例外が設けられているし、現存する中世のローマ教皇や神学者の怒り心頭に発した手紙を見ると、修道院でもしばしば俗世間のレベルで物事が処理されていたことがわかる。では、こうした不完全性を受け入れる態度から、私たちは何を学べるだろう。そして、それを今日の生活にどのように適用していけばいいだろう。

修道士と燃え尽き症候群

あとでさらに精力的に神への奉仕に励めるよう十分な休息をとりなさい。

『隠遁者の戒律 *The Ancren Riule*』

第三章で、気分が落ちこんだり、抑うつ状態になったりしたときの修道士の対処法をいくつか検討したが、これは現代人にも共通する問題だ。中世の修道士の極端なライフスタイルを考えると、燃え尽き症候群に陥る可能性は十分あっただろう。それでも、燃え尽き症候群は避けようと思えば避けられるはずだ。修道院では、修道士は自分のペースを守り、自分の能力に合わせて活動するよう奨励されていた。これは今日の多忙な生活でも、従う価値のあるアドバイ

このユーモラスな聖歌隊席からもわかるように、礼拝で立ちっぱなしでいることにも手加減が加えられた。長く続く礼拝の間、修道士は疲れると、作りつけの小さな台に尻を乗せることができた。
聖歌隊席、15世紀頃
クロイスターズ美術館、ニューヨーク

スだ。

　手に余ることを抱えこまないためには、徐々に慣れていくというのもひとつの方法だ。前に触れたように、修道院の修練士は、正式に修道士になるかどうかを決める前に、一年間の猶予を与えられ、修道院で先輩修道士たちと暮らすことができた。なぜかというと、新しい健康法に全力で挑戦する人を見ればわかるように、人間は自分の能力を超えることでも、最初のやる気満々の期間であれば簡単にやってのけるからだ。『隠遁者の戒律』では、これを「求愛」期間にたとえている。この時期は何ごとも簡単に思えるが、時が経つにつれて次第に難しく感じられるようになるとわかっていたのだ。[1] 修練士に一年の修練期間が与えられたのは、修練士に当初の楽観的な考えを改め、誓願を立てたことを後悔して手遅れになる前に、加わろうとしている世界の厳しさを知らしめるためだ。ベネディクト会の修道院では、さらなる安全策として、修練士に見習い期間中数か月ごとに『聖ベネディクトの戒律』を最後まで読ませて、その後の生活について確実に理解させた。修練士はどんな生活が待っているかを認識することで、最初の熱意が冷めたあとも修道院の生活に現実的に対処していけるかどうかを判断しやすくなったはずだ。

　あまり無理をすると、精神的および身体的健康に問題をきたすおそれがある。自身も修道士だった書き手たちも、このことには特に注意を促している。カエサリウスは、ボードワンという修道士が修行に入れ込みすぎ、先輩の修道士から警告を受けたにもかかわらず、それを無視した話を書き記している。

彼は一年の修練期間中、あまりにも厳しく自分を律していたため、修道院長や修練士の指導者はことあるごとに彼をたしなめていた。さらに、彼は修道士になると、熱心さのあまり普通の修行では飽き足らず、特別な修行をいくつも追加した。他の修道士が休んでいる間も、彼は懸命に働いた。他の修道士が眠っている間も、彼は目覚めていた。[2]

これは修道士なら称賛されそうな模範的な態度のように思えるが、実際のところ、ボードワンの話は警告として扱われていた。彼の「無分別な熱情」は「激しい頭痛」を引き起こし、最終的に彼は自殺を図った。

ボードワンの話は、勤勉も度を越すと病気を引き起こし、そもそも勤労の目的が台無しになることを如実に物語っている。『聖ベネディクトの戒律』の中で聖ベネディクトは、人間は能力に応じて特権と任務が与えられていると繰り返し述べている。『隠遁者の戒律』は、隠遁者という最も極端な修道生活のために書かれたものだが、それでも、病気のときは休んだほうがよいと忠告し、「一日休めばすむものを、休まずに一〇日も一二日も無駄にするのはきわめて愚かなことだ」と述べている。[3] 第三章でセルフケアについてアドバイスしたが、あれは気分が落ち込んだときの対処法で、燃え尽き症候群に陥った修道士が立ち直るのに役立つのは間違いないが、最善の方策は、そもそも燃え尽きないように、無理のないペースでやっていくことだ。

現代では宗教に人生を捧げる人はごく少数だが、一方で、私たちはある種極端な労働倫理を評価する文化の中で暮らしている。病気でも働く選択をする人、夜中まで仕事をする人、どこにいても、何をしていても電話に出る人が英雄のようにもてはやされる。誰しも、働きすぎで健康を損ねた人に心当たりがある——あるいは自分がその当人——のではと思うが、この働き方は非生産的で、病気や燃え尽き症候群を引き起こすと、意識的に自分に言い聞かせる必要がある。働きすぎ《オーバーワーク》は私たちの生活に深く根づいているので、一歩下がって、自分にはどれだけの時間を仕事に捧げるか選択する余地が——多くの場合は——あると認識するのは難しいかもしれないし、自分のペースを守って燃え尽き症候群を回避しようというのは、本書のアドバイスの中で最も実行困難なものかもしれない。実行すれば、あらゆる場所で推奨されている価値観や、あらゆるビジネスに定着している慣例に逆らうことになるからだ。それでも、中世の修道士のような極端なライフスタイルを崇拝していた人々でさえ、ペースを落とし、自分の精神的ならびに身体的健康を考慮した上で達成可能な目標を設定する方法を見つけられたのだから、私たちも、そして、私たちが働く企業もきっと見つけられるはずだ。

健全な境界線を引く

言い争いはすべきでない。また、怒りが憎しみに変わらないように、早急に終わらせなければならない。

聖アウグスティヌス、『聖アウグスティヌスの戒律』

中世の教会は、不寛容と抑圧の究極の象徴と考えられがちだが、総じてその活動——具体的には、十字軍（中東のものもヨーロッパのものも）——もこの見解を裏付けているように思える。一〇〇〇年間を短くまとめる場合、最高の要素と最悪の要素だけを取り出して概括するのは簡単だが、全体像だけでなく詳細な部分も心に留めておく必要がある。

キリスト教は過去二〇〇〇年にわたり、イエスの「だれかがあなたの右の頰を打つなら、左の頰をも向けなさい」「隣人を自分のように愛しなさい」という教えから、告解というシステム、さらには「終油《しゅうゆ》の秘跡」［カトリック教会で行われる臨終の儀式で、現在は「病者の塗油」と呼ばれる］まで、「赦し」という概念によって何百万もの人々の心を惹きつけてきた。中世の神学者は、地獄は存在するが、すべての人が地獄に堕ちるわけではないと説いた。聖パウロや聖アウグスティヌスのように、以前は快楽主義者や反キリスト教徒だったにもかかわらず、キリスト教徒に回心した人の話は、誰でも計り知れない赦しにあずかれる事例として、特に人気が高かった。

キリスト教の日常の務めにおいては罪に重点が置かれたが、それは人間がいかに罪深い存在であるかを考えさせるためだけではなかった。人は自分の罪深さに気づき、告解し、悔い改めれば赦される。つまり、教徒に罪を認識させれば、本人が罪から解放されるだけでなく、修道院も円滑に運営できたのである。

現代も同じだが、中世では、人は悔いることなしには赦されなかった。赦しの根本にあるのは、本人が悔悟の念を示し、「過ちを悔い改めて、罪を正当化しない」[4]ことなのだ。修道院においては、悔悟の念を示すとは、過ちを犯した人が謙《へりくだ》る動作を指し、たとえ誰かの気分を害したのではないかと思っただけでも、修道士は即座にこの動作を行わねばならなかった。『聖ベネディクトの戒律』に次のような記述がある。

どの先輩に対しても、自分に対しいささかなりとも立腹し、あるいは少しでも苛立っていると感じられたならば、修友は直ちに遅れることなく、地面に平伏し、先輩の憤りが静まり、その者から祝福を受けるまで、その足下に平伏したまま償いを続けます。[5]

その目的は処罰ではなく和解、すなわち、修道士間の関係の修復だった。

捕らえられたり告発されたりする前に罪を告白した修道士は、心から悔悟の念を示したと見なされ、寛大に処遇された。悪事を働いたことを他人から告発された修道士は、自分からは罪を告白しなかったものと判断され、はるかに厳しい処罰を受けた。このような修道士にとっては、傷つけた相手を癒すことより自分の身を守ることのほうが大事で、その関心は所属する共同体ではなく、自分自身に向いていたということだ。

参事会集会所（チャプターハウス）ではほぼ毎日会議が開かれ、不満や罪の公表が常に議題にのぼった。他者に悪事を働いた覚えがある修道士は、進み出て告白し、潔く、謙虚に罰を受ける決まりになっていた。処罰は祈りを繰り返し唱えるといった軽いものもあったが、修道士を上半身裸にし、出席者の面前でむち打つというひどく残酷なものもあった。[6]

中世の世俗的な裁判（評判は良くないけれども）もそうだったが、修道院での裁判は、罪を犯した人間が罪を償い、その生き方を、本人のためにも共同体のためにも、良い方向へ変えることに重点が置かれた。償いがなされ、処罰を受けたなら、罪人は改心して、二度と罪を犯さないよう求められた。万一その後も修道院の平安をかき乱すような誤った選択を続けるなら、より重い処罰が科された。態度を改めない修道士は、最終的に修道院から除名され、追放された。その処分は報復の念からではなく、共同体を保護し、危害から守りたいという思いから行われた。聖アウグスティヌスもこう述べている。

> 万一服従を拒んだなら、共同体から追放すればよい……これは決してむごい仕打ちではなく、多くの人に悪い影響をおよぼさないようにという慈悲の行いである。（聖アウグスティヌス、『聖アウグスティヌスの戒律』）

中世の修道院の中であっても、赦しと受容は大義と天秤にかけねばならず、ときには大義を優先して、心から共同体のためを思っていない者を追放することもあった。

現代の共同体での人づきあいを考えるとき、赦しについても、健全な境界線（healthy boundary）［自分の気持ちを尊重しながら人と付き合うための線引き］の設定についても、修道院のアプローチは大いに参考になる。私たちはしばしば間違いを犯し、謝罪し、償いを——特に愛する人や大切な人に対して——するはめになる。しかし、ミスをした人を赦すのと、相手に利用されるのは別だ。どれほど相手に共感しようと、身近にいると、おたがい百害あって一利なしの人はしばしばいるものだ。

修道士たちが頻繁に唱える「主の祈り」には、「わたしたちの罪をおゆるしください。わたしたちも人をゆるします」という一節があり、人間とはときに過ちを犯し、赦しを求めるものとされている。私たちに不当な仕打ちをしたが、心から悔い改めて償いたいという意志を示す人は、赦してあげてもいい。しかし、私たちの生活を混乱させ、自尊心を傷つけ、幸福を阻害する人間に、私たちが構築した共同体の一員のままでいさせる必要はない。中世の修道士に倣って、相手に「もし前向きな気持ちで戻りたいと思ったとき、私たちはずっとここにいるから」と言って聞かせて送り出そう。

修道士とアルコール

酒は決して修道士の口にすべきものではないと記されていますが、現代の修道士にこれを納得させることは不可能ですから、わたしたちとしては少なくとも、度を過ごさず、より控え目に飲むということで同意したいものです。

聖ベネディクトは気に入らなかったかもしれないが、気候が合う地域の修道院では、数種類のアルコールが生産されていた。ヨーロッパの多くの修道院ではブドウ園の世話をし、聖体拝領の儀式に欠かせないワインを生産した。キリスト教徒は、聖体拝領ではワイン以外の飲料の使用は許可されておらず、そのため地方のブドウ園から、遠く離れた修道院へワインを輸送しなければならなかった。一方、イングランドのような北方の国の修道院では、実用的であるとともに象徴的意味もある桑の実から作られたワインで間に合わせた。[7] 修道院の養蜂場で採れる蜂蜜と蜜蠟《みつろう》から作る甘い蜂蜜酒も、ヨーロッパ全域の人々の手に入る飲み物だった。

とはいえ、修道院が製造する飲み物で、最もよく知られているのはおそらくビールだろう。中世では、ビールは傷みやすいために地元で製造されていた。おもに女性が自宅で醸造し、余った分を隣人や町の人々に売っていた。修道院も規模は大きいもののこの方式を踏襲し、修道士や客人のためにビールを醸造して、余った分を販売した。

現代人からすると、聖職者とアルコールの製造との結びつきは奇妙に思えるかもしれないが、中世の教会はこれを問題視してはいなかった。イエスとワインの結びつき以外にも、宗教と飲酒との結びつきは多く見られた。中でも、豊穣の守護聖人ブリギッドにまつわる話は興味深い。風呂の水をビールに変えただけでなく、地上の恵まれない人々や天国にいるすべての人

――父なる神とイエス・キリスト、精霊、聖母マリアも含めて――と分かち合うために、湖の水をすべてビールに変えてみせると宣言したと言われている。また、聖トマス・ベケットも、生涯の間に幾度となく修道士たちが水浴びをする池の水からおいしいビールを作ったため、殉教後にロンドン・ブリュワーズ・カンパニーの守護聖人となった。[8]

ビールは修道院の食事に欠かせない飲み物だった。バーンウェル修道院の修道士は、「毎日夕食時には修道士と客人のために水差しをふたつ用意し、ひとつには樽《たる》から取り出したばかりの新鮮なビールを入れ、もうひとつには飲み残しのビールを入れる」よう求められた（結局、「無駄をしなければ不足することもない」ということだ）。アドバイスはさらに続く。

新しい樽がビールで満たされたら、見張りを置かずに放っておくのはよくない。冬には樽の周囲に藁《わら》を置き、必要なら火をつけておく。夏には太陽の熱が樽に届かないよう、貯蔵室の窓は閉めておく。食料品保管係（食べ物と飲み物の担当者）は修道士に新しいビールを四日目まで与えてはいけない……特に重要な晩餐の際には、食料品保管係は修道士に、良質のパンと特に強いビールを四日間提供すること。[9]

当然のことだが、修道士は飲酒において節度を身につけるよう奨励されていた。現代人からすると、ひとり一日一ガロン（約三・八リットル）のビールが節度ある量とは到底思えないが、中世の人々は子供の頃からビールを飲んでいたのでかなり酒に強かったこと、さらに、ビールは今よりアルコール度が低く、栄養価が高かったことを心に留めておくといい。[10]

とはいえ、ビールと節度は常に両立するとは限らず、中には酒に溺れる修道士もいた。七世紀の『セオドア大司教の懺悔規定書 *The Penitential of Theodore*』には、罪を犯した者に与える処罰の概要が述べられていて、酩酊《めいてい》に対して、修道士の階級と違反の重大性に応じていくつかの罰が記されている。セオドア大司教は「高潔の誓いを立てているにもかかわらず、神の命令に背いて酩酊した者は、パンを七日間、脂肪を二十日間絶つ処罰を受ける」（つまり、きわめて味気ない食事になる）と告げている。しかし、「修道士が酩酊のために嘔吐すれば、三十日

聖ベネディクトは修道士に、いかなるときも真摯な態度を崩さぬよう求めているが、それでも不謹慎な態度をとってしまうこともある。この絵の修道士は、同僚の背後で思わず笑みを浮かべている。
『聖書の詩篇　*Biblical psaiter*』、fol. 106r, 13世紀頃（一部）
ウォルターズ美術館、ボルティモア；W. 116

間の処罰を受ける」とされている。ただし、体重が軽い修道士など、軽い処罰ですむ場合もあった。

本人が酒に弱い、または長期間断酒をしていて、多量の飲酒や食事に慣れていない場合、あるいはクリスマスや復活祭、聖人の祝日の喜ばしさのために規則に反したが、目上の者が定めた以上の量は飲んでいない場合は、違反とはみなさない。司教が命じたなら違反には当たらないが、当人が自分の意志で行った場合はその限りではない。[11]

特定の祝日には、食料品保管係がいつもより強いビールを与える決まりになっていたのであれば、喜ばしさのあまりの二日酔いはさほど珍しくない症状だったのだろう。[12]

現在も多くのビールが修道院生活との関連性を主張していることを考えると、ビールを飲むのは、私たちが修道士のように生きる最も簡単な方法のひとつかもしれない。修道院では現在でもビールの醸造は行われていて、中でもトラピストビールは有名だが、このビールは中世には存在していなかった。トラピストビールの醸造が始まったのは比較的最近で、ベルギーの修道院が再建された一九世紀である[13]［宗教改革やフランス革命の影響で多くの修道院が破壊された］。それはさておき、私たちが飲んでいるビールがいつ、どこで生まれたにせよ、大切なのは、セオドア大司教の忠告に従い、お酒に溺れないことだ。それとも、司教とビール飲み競争をやってみるのもいいかもしれない。

くつろぎの時間の重要性

最も祝福を受けるのは、最も厳しい生活を送る者ではなく、最も愛情を注ぐ者だ。愛は厳しさに勝るからである。

『隠遁者の戒律』

意外に思うかもしれないが、中世の宗教的慣習は必ずしも厳粛で、陰気で、退屈なものばかりではなかった。明るい色彩のステンドグラスの窓、タイル張りの床、壁画や彩飾写本と同様に、修道士の活動にも楽しめるものがあったようだ。すべての信者――立派な人かどうかにかかわらず――は、至福に満ちた来世を永遠に生き続けるという概念は祝福に値し、それゆえクリスマスや復活祭といった祝祭日には、修道院も地域社会も喜びに満ちあふれてしかるべきと考えられた。

中世の人々は、古代ギリシャや近世で行われていたように、舞台で劇を上演することはなかった。それでも宗教劇が演じられた記録は残っており、そうした劇は教会から始まったと考えられている。イエスの死体が墓の中で発見されたという事実に基づく簡単な劇がスイスのサ

詠唱の際は、歌声に加えて鐘の音も修道院生活に楽しげな音楽を届けていた。
『世界の像　*Image du Monde*』、fol. 30v, 1489年（一部）
ウォルターズ美術館、ボルティモア；W. 199

ンガル修道院とイングランドのウィンチェスター大聖堂で上演されたことが知られていること、また、イングランドのタインマス小修道院で聖カスバートを祝福する劇を上演した修道士に禁止命令が出された記録が残っていることから、これらの劇が実際に修道院内で上演されていたことがわかる。[14]

修道士たちは、劇だけでなく、宗教的な競技にも興じていた。復活祭のゲームのひとつに、歌い手たちが祝祭の賛歌を歌いながらボールを投げ合っている間に、競技のリーダーが床に描かれた迷路を通り抜けていくというものがある。教会で行われたこの球技は、不謹慎であるどころか、死を克服したイエスのパワーを修道士が目に見える形で表現する方法だった。迷路を通り抜ける道がひとつしかないように、救済される道もイエスへの信仰によるものしかない。これは楽しいゲームであるだけでなく、修道士にとって信仰の中心的信条について深く考える機会となった。[15]

第一章で取り上げたように、戸外は修道士が修道院の型にはまった退屈な生活から、一時的にしろ解放感を味わうのにうってつけの場所だった。修道院は塀で囲まれているが、荘園を所有していたことから、たまには遠出も行われたようだ。例えば、バーンウェル修道院の副院長は、遠出をする際には、若い修道士を連れていくよう奨励されている。

(副院長が)息抜きに所有地や荘園を訪れようと決めたなら、若い修道士(その時々で人を変えて)を同行して息抜きをさせてやるべきだ。[16]

副院長はおそらくその機会を使って、借地人の調査をしたり、同行者に修道院の仕事や保有資産について教えたりしていただろうが、息抜きの旅にこうした言い訳は必ずしも必要ではない。この場合、純粋に散策を楽しみ、運動できればそれでよかったのだ。

信じられないかもしれないが、瀉血《しゃけつ》［人体の血液を外部に排出させる治療法］も修道士が楽しみにしていたイベントだった。短い休みがとれるからだ。前に触れたガレノスの著作に基づいた中世の体液説では、人体は黄胆汁、黒胆汁、血液、粘液の四種類の体液からできているとされていた。そして、あらゆる病気はこの四種類の体液のバランスが崩れることによって生じる（少なくとも部分的には）ので、瀉血によって余分な体液を排出することで体液のバランスを回復させれば、心身ともに健康を取り戻せると考えられていた。

修道院の慣習としては、やむをえない理由がある場合を除き、すべての修道士は健康維持のために定期的に瀉血を受けなければならなかった。現代でも献血をしたことがある人ならわかると思うが、ある程度の血液を抜くと、しばらくは体が弱る。それで、瀉血を受けたばかりの人は、早く体力が回復するように、普段は味わえないぜいたくが許された。つまり、仕事を休んだり、他の修道士と（あくまで節度を保って）会話を楽しんだり、病院の庭を散策したりできたのだ。当然、全員が同時に瀉血を受けるわけではないので、修道士は親しい修道士と同じ日時に瀉血を受けられるよう自分勝手な短い祈りを捧げて、瀉血後の二、三日を仲間とともにわずかばかりの自由を満喫したのだろう。

修道院では歌のほとんどは礼拝の一部として歌われたが、必ずしも厳粛なものばかりではなかった。劇中で信仰を祝福するために歌われることもあった。
『ボープレ交唱聖歌集　*Beaupré Antiphonary*』、vol. 2, fol. 113v, 1290年頃
ウォルターズ美術館、ボルティモア; W.760

ひとつの思想に身を捧げる人々について考えるとき、神について熟考するために一生を修道院の中で過ごす修道士や修道女ほど良い例はない。現代人の人生を考えてみると、たったひとつの目標——富、成功、名声、身の安全——に突き動かされ、他のことは目に入らなくなっている人もいれば、同時にさまざまな方面に気を引かれている人もいるだろう。現代科学によると、目標に到達する途上で休息をとることは、幸福だけでなく成功にとっても不可欠だそうだ。[17] このことも私たちは中世の修道士から学ぶべきではないだろうか。少し休憩をとって、気晴らしをしたり、遊んだり、あるいは単に体を動かす楽しさを味わったりしたあとは、クリアな頭脳と明るい気分で、再び追求に全力で取り組めるだろう。

終章

より良い方向へ《アド・メイリオーラ》

常に善がもたらされそうなことをしなさい。

『隠遁者の戒律』

ここまで読んで、あなたはおそらく、修道生活には向いていないと結論を出しているだろう。中世でも多くの人が——誓願を立てる前だといいのだが——同じ判断を下していた。

現代の科学的研究により、中世の修道士のような禁欲生活は、当然ながら現代人にとって幸せな人生をもたらす方法ではないことが明らかになっている。睡眠不足、質素な食事、厳格な日課に加え、終始自分の欠点ばかりを見つめる生活は、楽しくないばかりか健全な生き方とも言えない。それに、楽しみは幸福にとって欠かせない要素であることが証明されている。[1] しかしながら、楽しみは——そして、幸福それ自体さえ——修道生活の要点ではないことを忘れてはならない。修道生活の要点とは、感謝と献身を示すために、わざわざ困難な方法で身も心も神に捧げること、そして、神の意志を受け入れる空の器になるために、完全に自我を捨て去ることなのだ。これを人生の目標にしている現代人はほとんどいないだろうし、それでまったく問題ない。

それでも、修道生活からは、楽しみ以外の幸福の要素を満たす方法を学ぶことができる。それは、意義と目的をもって生きることだ。寒い夜中に朝課を告げる共同寝室の鐘の音で目を覚ます瞬間から、夜に手織りの粗い毛織物の頭巾をつつましくかぶって再び目を閉じる瞬間まで、中世の修道士の生活は一瞬一瞬が意義に満ちていた。慣習、儀式、活動、交流のひとつひとつが他者への奉仕、そして修道士自身の目標である救済と結びついていた。しかも、修道士にとって幸いなことに、このふたつの目標はシンクロしていた。

研究によると、私たちが最も幸福を感じるのは、個人的な価値観と一致した生き方をしているときと、他者への奉仕に身を投じているときだという。だが、こうした活動が幸福な結果をもたらし、共同体をより強固にするとしても、修道院の儀式ほど極端である必要はない。どんな宗教を信じていようと（あるいは信じていなくても）、修道生活の例を参考にすれば、自分の人生と他者の人生を豊かにするために自分の才能を使う方法はいくらでも見つかるだろう。例えば、時間を大切にする、自然の中で過ごす時間を大切にする、シンプルに生きる、人生とその意味について深く考える、寛大さと同情心をもって他者に与える、節度を保つなど。中世の修道士が理解していたように、目標を支援し、喜びを分かち合い、苦難のときには慰めてくれる人々と調和して生活し、仕事をするなら、誰もがより良い生き方を実現できるだろう。しかし、たとえひとりであれ集団であれ、修道士の生き方に倣い、目的と思いやりを持って生きていくなら、より良い方向へ《アド・メイリオーラ》進んでいけるはずだ。

謝辞

生き方をアドバイスする本を執筆したということは、おそらく読者は少なくともその一部には従ってくださるということだろう。そして、このささやかな本を世に出してくださった方々に、修道士を見習って感謝の意を表せるのは、私にとって大きな喜びだ。

最初に、アブヴィル・プレス社のみなさん、とりわけローレン・バッカに感謝を捧げたい。彼女は本書の構想を与えてくれただけでなく、多くの障害——世界的なものも個人的なものも——があったにもかかわらず、完成まで導いてくれた。執筆に取りかかった当初は、ほどなく中世の修道士のように世間と隔絶した生活をし、同じような苦難に直面することになろうとは、思いも寄らなかった！

のちに、私が幸いにも参加させていただいている歴史家のコミュニティが、特にこの困難な年月の間、絶えずひらめきと支援の源となってくださり、私は同好の士のコミュニティが持つ計り知れない価値を痛感した。とりわけ、私のラテン語の問題を親切に解決してくれたセブ・フォーク、常に文献の調査と友情で私を支えてくれたピーター・コニエチュニー、ご本人が知らないうちに、文字通りの意味で私に書くスペースを与えてくれ、その過程で友人になったチャールズ・スペンサー、そして、『中世のポッドキャスト The Medieval Podcast』の多くの素晴らしいゲストたち。ゲストは毎週放送中に惜しげもなく知識の果実をシェアしてくれ、マイクがオフになると、私にインスピレーション、励まし、知恵を与えてくれた。あなた方と知り合いになれたことを非常にありがたく思っている。

私のポッドキャストのリスナーのみなさん、ソーシャルメディアのフォロワーの方々、献身的な読者のみなさんには、私の夢を実現する旅に同行してくださったことに、心からお礼を言いたい。それから、「創作者のための中世マスタークラス」の生徒と共同クリエーターにも感謝を捧げたい。あなたたちは自分の本を作ることの困難と喜びを誰よりもよくわかってくれている。あなたたちの熱意と支援は、私にとってかけがえのないものだ。

素晴らしい両親に感謝を捧げたい。私の両親は、子供たちの大望に関しては疑うことを知らない。優秀な兄弟と義理の姉妹たちにも感謝している。私は彼らに畏敬の念を禁じえない。そして、素晴らしい姪や甥は、この中世に関する本をすごくカッコいいと思ってくれている。彼らは愛情深く、頼りになる家族のほんの氷山の一角で、私はその一員であることをありがたく思っている。それから、友人たち――旧友も新しい友人も――はこれまでずっと私にとって、困ったときの拠りどころだった。もしクラヴ・マガ［イスラエルで考案されたシンプルかつ合理的な近接格闘術］を習っていなかったら、これほど勇敢で思いやりのある人たちとは出会えていなかっただろう。私はあなたたちが心底大好きで、再び闘える日を心待ちにしている。

最後に、まばゆいばかりに美しいふたりの娘へ。あなたたちが私の娘として生まれてきてくれたことを、私はいつも感謝している。私に対する揺るぎない信頼、思いやり、レジリエンス、そして、どんな理由があろうと自分の輝きを曇らせようとするものを断固拒否する姿勢に、私は日々刺激を受け、心から誇りに思っている。

本書は禁欲的な生き方をあまり推奨していないので、聖ベネディクトには気に入らないかもしれない。それでも、修道士や修道女の信仰への献身は、修道院の内外に暮らす人々の役に立ちたいという願いに根ざしていて、私はその生き方を十分に評価し、表現できたのではないかと思っている。中世から伝わる多くの写本の最後には、著者や筆写者から読者に対して、自分の魂に祈りを捧げてほしいというつつましいお願いが記されている。その気持ちに応えて、本書の最後に、中世の修道士と修道女に対し、その思考、苦悩、ユーモア、信仰をこうして本の形にまとめられたことに感謝を表し、その魂の安からんことを祈りたい。

関連用語集

女子修道院長（abbess）……修道女の共同体の管理を担当する女性。修道士と修道女の両方が居住する修道院では、通常は女子修道院長（修道院長ではなく）が任に当たった。語源については**修道院長**（abbot）を参照。

修道院（abbey）……修道士または修道女、あるいはその両方の閉鎖的な共同体が居住する建物と敷地を指す。**修道院**（monastery）もほぼ同義。

修道院長（abbot）……修道士の共同体の管理者。『オックスフォード英語大辞典』は、この語の語源については諸説あると記しているが、『聖ベネディクトの戒律』の中で聖ベネディクトは、「修道院長（abbot）」の語源は、新約聖書『ローマの信徒への手紙』八章一五節「わたしたちは、『アッバ（Abba）、父よ』と呼ぶのです」だと示唆している。修道院長は修道士たちの父たるべき存在だ。

倦怠（accidie）……修道生活に伴う気持ちの落ち込みや倦怠感のこと。倦怠は罪深いことに、怠惰、疑念、絶望を引き起こす。倦怠に苦しむ修道士は、精神的健康が回復するまで日々の務めから離れて休息をとるべきとされていた。

施物分配係（almoner）……修道院の慈善活動の担当者で、施し物や食べ物を貧しい人々に分配したり、学生たちの世話をしたりした。

隠遁者（anchorite）……教会に付属する小部屋に長期にわたって閉じこもり、世捨て人となって修行に身を捧げる人。隠遁者に性別は関係ない。

聖アウグスチノ修道士（Augustinians）……聖アウグスティヌスが定めた会則を指針として従う修道士。

聖ベネディクト修道士（Benedictines）……『聖ベネディクトの戒律』を指針にして従う修道士。

時課の典礼（canonical hours）……修道士と敬虔な信者が、毎日特定の時間に特定の祈りと聖歌で行った礼拝。現在のように一時間は六〇分とは決まっておらず、日の長さによって時間は変化した。礼拝は朝課、賛課、一時課、三時課、六時課、九時課、晩課、終課と名付けられていた。修道士や修道女は、一般市民からの依頼を受けて礼拝に使用する時禱書を作成することもあった。

食料品保管係（cellarer）……修道院における食べ物や飲み物の管理担当者。

参事会（chapter）……修道院のさまざまな事柄について話し合うために毎日開かれた会議。こうした会議は参事会集会所（チャプターハウス）で開催され修道士と修道女全員が参加したが、修練士と平修士、平修女は除外された。

聖歌隊席（choir）……教会の中にあり、礼拝時に修道士が聖歌を披露する。

教父（church fathers）……その英知が信心深い教徒にとって、特に異教の書物を学習すべきかといった厄介な問題をはじめ、神学上の問題に関する指針として拠りどころとなるキリスト教徒の著述家。このような神学の二大重鎮としては聖ジェロームと聖アウグスティヌスが挙げられる。

シトー修道士（Cistercians）……フランスのシトーにある修道院本部を規範とし、『聖ベネディクトの戒律』にきわめて厳格に従った修道士。たいていは染色されていない白い修道服を身につけ、できるだけ人里離れた共同体で自立して生きることをめざした。

書記（clerk）……教会で教育を受けたが、まだ司祭として叙階されておらず、修道士として誓願も立てていない者。

クロイスター（cloister）……修道院の四角形の中庭を囲む建物の側面に作られた屋根付きの回廊。通常この建物には共同寝室、食堂、参事会集会所（チャプターハウス）があり、一辺を教会が占めている。

クリュニー修道士（Cluniacs）……フランスのクリュニーにある修道院本部を規範とし、柔軟に修正した『聖ベネディクトの戒律』に従った修道士。礼拝が他の修道会よりかなり長く大がかりなため、教会で多くの時間を過ごし、肉体労働に割く時間は少なかった。

女子修道院（convent）……修道士、修道女あるいはその両方の閉鎖的な共同体が居住する建物と土地。だが、主に女子修道院を指す。

ククラ（cowl）……頭と肩を覆う頭巾。

共同寝室（dormitory）……修道士たちが睡眠をとる大きな部屋。

聖体拝領（Eucharist）……ミサの間、司祭が聖別したワインとパンがイエスの血と肉に変わる秘跡。

托鉢修道士（friar）……修道士と同様の誓願（清貧、貞潔、服従［従順］）は立てたが、必ずしも修道院で生活することを求めていない修道会に所属する男性。托鉢修道士はほとんどの時間を修道院ではなく、地域社会で過ごし、伝道をして人々をキリスト教徒に改宗させた。アウグスチノ会、フランシスコ会、ドミニコ会は修道士（monk）ではなく托鉢修道士（friar）。

回廊中庭（garth）……修道院の中央にある正方形または長方形の緑豊かなスペース。

ゴシック様式（Gothic）……一二世紀に始まった装飾や建築の様式のひとつで、凝った装飾デザインや信仰心から生み出された装飾が特徴だ。パリのノートルダム寺院の大聖堂はゴシック建築の最たる例とみなされている。

修道衣（habit）……修道士や修道女が着用する、中世の簡素な服に基づいた衣服。

隠修士（hermit）……宗教的修行に身を捧げるために世俗から離れて暮らす人。

平修士／平修女（lay brother/lay sister）……修道院の共同体のメンバーで、何らかの誓願は立てているが、正規の修道士や修道女ではない。こうした補助スタッフは修道院の敷地内に住み、熟練した労働や奉仕を提供して共同体に貢献した。

托鉢修道士（mendicant）……修道院で暮らす義務のない修道会の一員で、托鉢をして自活することを奨励されている。托鉢修道会にはフランシスコ会やドミニコ会などが含まれる。

修道院（monastery）……修道士または修道女、あるいはその両方が属する閉鎖的な共同体が居住する建物と敷地を指す。**修道院**（abbey）、**女子修道院**（convent）も参照。

修道士（monk）……清貧、貞潔、服従の誓願を立て、永続的に閉鎖的な共同体の一員となった男性。

修練士（novice）……修道士の共同体の新入者で、誓願を立てる許可が出るまで一年間修道院で生活し、その規則と儀式を学ばねばならない。この試用期間は修練期と呼ばれる。

修道女（nun）……清貧、貞潔、服従の誓願を立て、永続的に閉鎖的な共同体の一員となった女性。

修道生活献身者（oblate）……修道士の共同体で養育されるよう捧げられた子供。

告解（penance）……罪が赦される前に罪人が完了しなければならない務め。一般的な告解では、繰り返し祈りを唱えたり、断食を行ったりする。

巡礼者（pilgrim）……宗教上の聖地へ旅をする人々。中世の巡礼者は一般に聖人が祀られる聖堂を訪れ、助けを求めて祈り、感謝を捧げ、告解を行った。聖遺物には困窮した人を助ける霊力が備わっていると信じられていた。

境内地（precinct）……修道院の塀で囲い込まれた建物と土地。

小修道院（priory）……修道院長または女子修道院長の補佐役である、小修道院長または女子小修道院長が運営する修道院。別の修道院本部に属する修道院長や女子修道院長の監視下にある場合もあった。

煉獄（purgatory）……地獄に堕ちるほどではないが、天国に入ることは許されない魂が、罪が浄化されるまで待機するとされる場所。中世のキリスト教徒は、祈りを捧げれば、愛する者が煉獄にいる時間を短縮できると信じていた。それで修道士や修道女に祈りによって死者を助けてもらえるように頻繁に修道院に寄付をした。

食堂（refectory）……修道院の中の食事をするための部屋。

修道聖職者（regular clergy）……宗教上の規則に従って生きる人々。修道士、修道女、托鉢修道士、さらにテンプル騎士団やホスピタル騎士団のような騎士修道会のメンバーが含まれる。

聖遺物（relic）……聖なる起源を持つ物体で、奇跡を起こす霊力があると信じられている。典型的な例は聖人の遺骨だが、他にもイエスのイバラの冠、聖十字架の破片、聖母マリアの母乳などがある。聖遺物は聖遺物箱と呼ばれる専用の容器に保管されたが、その容器は腕、足、あるいは頭部など、聖遺物の形をしているものが多い。

秘跡（sacrament）……キリスト教信仰の柱となる主要な宗教的行事。主なものとしては、洗礼、聖体拝領、結婚、叙階などがある。

聖具保管係（sacrist）……聖体拝領のパンやワインを入れる食器など、ミサで使われる道具の管理担当者。また、礼拝を知らせるために鐘を鳴らす――または他者に鐘を鳴らすよう指示する――役割も担っていた。

聖域（sanctuary）……教会の境内。また、人が告発や身体的危害を受けない安全な状態を表す場合もあった。罪を犯した人や暴力から逃れている人は、教会、教会付属の墓地、修道院といった聖なる場所に庇護を求めることができた。ところが、彼らはその後その場所から出ていけなくなった。もし出ていったら、たちまち逮捕されるか、再び敵の餌食になってしまうからだ。そのため、聖域を求めて来た人が、はからずも規模の大きい修道士の共同体の一員になることもあった。

写字室（scriptorium）……修道士が本を執筆したり、筆写したり、彩飾挿絵を描いたりした部屋。

在俗聖職者（secular clergy）……宗教的共同体のメンバーだが、俗世間に居住して働いている聖職者。書記、司祭、司教、大司教などが含まれる。

聖堂（shrine）……聖遺物を祀る場所。

神学者（theologians）……宗教について研究する学者。

トンスラ（tonsure）……頭頂の毛髪を円形状に剃った髪型で、在俗聖職者も修道聖職者もこの髪型。その起源には諸説があり、そもそも性への拒絶から始まったとも言われているが、聖トマス・アクィナスは、トンスラは王冠に似ており、円は完璧な形だという理由で称賛した。アクィナスにとってトンスラは、宗教的完璧さと天国の冠を求める人々にふさわしいシンボルと思えたのだろう。

Lev, Efraim, and Zohar Amar. Practical Materia Medica of the Medieval

Eastern Mediterranean According to the Cairo Genizah. Boston: Brill, 2008.

McMillan, Douglas J., and Kathryn Smith Fladenmuller. Regular Life: Monastic, Canonical, and Mendicant Rules. Kalamazoo, MI: Medieval Institute Publications, 1997.

Melville, Gert. The World of Medieval Monasticism: Its History and Forms of Life. Collegeville, MN: Liturgical Press, 2016.

Meyvaert, Paul. "The Medieval Monastic Garden." In Medieval Gardens, edited by Elisabeth B. MacDougall, 23–54. Washington, DC: Dumbarton Oaks, 1986.

Morton, James, ed. and trans. The Ancren Riwle: A Treatise on the Rules and Duties of Monastic Life. London: J. B. Nichols and Sons, 1853.

Muir, Elizabeth Gillan. A Women's History of the Christian Church: Two Thousand Years of Female Leadership. Toronto: University of Toronto Press, 2019.

Orme, Nicholas. Medieval Children. New Haven, CT: Yale University Press, 2003.

Phillips, Noëlle. Craft Beer Culture and Modern Medievalism: Brewing Dissent. Leeds, UK: Arc Humanities Press, 2020.

Rawcliffe, Carole. Urban Bodies: Communal Health in Late Medieval English Towns and Cities. Woodbridge, UK: Boydell Press, 2013.

Theodore of Tarsus. "The Penitential of Theodore." In Readings in Medieval History, edited by Patrick J. Geary, 276–98. Peterborough, ON: Broadview Press, 1989.

Townsend, David. Saints' Lives. Vol. 1. Henry of Avranches. Cambridge, MA: Dumbarton Oaks Medieval Library, 2014.

Wallis, Faith. Medieval Medicine: A Reader. Toronto: University of Toronto Press, 2010.

Williams, Mark, John Teasdale, Zindel Segal, and Jon Kabat-Zinn. The Mindful Way through Depression: Freeing Yourself from Chronic Unhappiness. New York: Guilford Press, 2007.

マーク・ウィリアムズ、ジョン・ティーズデール、ジンデル・シーガル著『マインドフルネス認知療法ワークブック：うつと感情的苦痛から自由になる８週間プログラム』（若井貴史監訳、栗原愛、近藤真前、加藤敬他訳、北大路書房）

Wilson-Lee, Kelcey. Daughters of Chivalry: The Forgotten Children of Edward I. London: Picador, 2019.

Winfrey, Oprah. What I Know For Sure. New York: Flatiron Books, 2014.

University of Toronto Press, 1992.
Everett, Nicholas, trans. The Alphabet of Galen: Pharmacy from Antiquity to the Middle Ages; A Critical Edition of the Latin Text with English Translation and Commentary. Toronto: University of Toronto Press, 2014.
Falk, Seb. The Light Ages: The Surprising Story of Medieval Science. New York: W. W. Norton & Co., 2020.
Goleman, Daniel, and Richard Davidson. Altered Traits: Science Reveals How Meditation Changes Your Mind, Brain, and Body. New York: Avery Publishing, 2017.
ダニエル・ゴールマン、リチャード・デビッドソン著『心と体をゆたかにするマインドエクササイズの証明』(藤田美菜子訳、パンローリング株式会社)
Harris, Max. Sacred Folly: A New History of the Feast of Fools. Ithaca, NY: Cornell University Press, 2011.
Hartnell, Jack. Medieval Bodies: Life and Death in the Middle Ages. New York: W. W. Norton & Co., 2018.
ジャック・ハートネル著『中世の身体：生活・宗教・死』(飯原裕美訳、青土社)
Hoffman, Richard, and Mariette Gerber. The Mediterranean Diet: Health and Science. Chichester, UK: Wiley-Blackwell, 2012.
Horback, Mary Imelda. "An Annotated Translation of the Life of St. Thomas Becket by Herbert Bosham (Part One)." Master's thesis, Loyola University, 1945. https://ecommons.luc.edu/cgi/viewcontent.cgi?article=1214&context=luc_theses.
Isaacson, Walter. Steve Jobs. New York: Simon and Schuster, 2013.
ウォルター・アイザックソン著『スティーブ・ジョブズ I II』(井口耕二訳、講談社)
Jocelin of Brakelond. Chronicle of the Abbey of Bury St Edmunds. Translated by Diana Greenway and Jane Sayers. Oxford: Oxford University Press, 1989.
Johnson, Lauren. The Shadow King: The Life and Death of Henry VI. New York: Pegasus Books, 2019.
Julian of Norwich. The Shewings of Julian of Norwich. Edited by Georgia Ronan Crampton. Kalamazoo, MI: Medieval Institute Publications, 2004.
ノリッジのジュリアン著『神の愛の啓示――ノリッジのジュリアン』(内桶真二訳、大学教育出版)
Kerr, Julie. "Health and Safety in the Medieval Monasteries of Britain." History 93, no. 1 (January 2008): 3–19.
———. Life in the Medieval Cloister. New York: Continuum, 2009.
Kondo, Marie. The Life-Changing Magic of Tidying Up. Berkeley, CA: Ten Speed Press, 2014.
近藤麻理恵著『人生がときめく片づけの魔法』(サンマーク出版)
Landsberg, Sylvia. Medieval Gardens. London: Thames & Hudson, 1996.

参考文献

Benedict of Nursia. The Rule of Saint Benedict. Translated by Bruce L. Venarde. Cambridge, MA: Dumbarton Oaks Medieval Library, 2011.
ヌルシアのベネディクトゥス著『聖ベネディクトの戒律』(古田暁訳、すえもりブックス)

Ben-Shahar, Tal. Choose the Life You Want: The Mindful Way to Happiness. New York: Experiment, 2012.
タル・ベン・シャハー著『ハーバードの人生を変える授業2』(成瀬まゆみ訳、大和書房)

———. Happier: Learn the Secrets to Daily Joy and Lasting Fulfillment. New York: McGraw-Hill, 2007.
タル・ベン・シャハー著『Happier：幸福も成功も手にするシークレット・メソッド』(坂本貢一訳、幸福の科学出版)

Bevington, David. Medieval Drama. Boston, MA: Houghton Mifflin, 1975.

Biller, Peter, and A. J. Minnins, eds. Medieval Theology and the Natural Body. York, UK: York Medieval Press, 1997.

Caesarius of Heisterbach. The Dialogue on Miracles. Translated by H. Von E. Scott and C. C. Swinton Bland. New York: Harcourt, Brace and Co., 1929.
ハイスターバッハのカエサリウス著『奇跡についての対話』(丑田弘忍訳、Independently published)

Clark, John Willis, trans. The Observances in Use at the Augustinian Priory of S. Giles and S. Andrew at Barnwell, Cambridgeshire. Cambridge, UK: Macmillan and Bowes, 1897.

Clear, James. Atomic Habits: An Easy and Proven Way to Build Good Habits and Break Bad Ones. New York: Avery, 2018.
『ジェームズ・クリアー式複利で伸びる１つの習慣』、牛原眞弓訳、パンローリング株式会社)

Cullum, P. H. and Katherine J. Lewis. Holiness and Masculinity in the Middle Ages. Toronto: University of Toronto Press, 2005.

Damian, Peter. "The Monastic Ideal." In The Portable Medieval Reader, edited by James Bruce Ross and Mary Martin McLaughlin, 49–55. New York: Viking Press, 1962.

De Hamel, Christopher. Medieval Craftsmen: Scribes and Illuminators. Toronto:

Clark and Ben-Shahar, "Happiness, Mental Health," 12:22.

終章 より良い方向へ

1 Ben-Shahar, Happier, 36.（タル・ベン・シャハー著『Happier：幸福も成功も手にするシークレット・メソッド』、坂本貢一訳、幸福の科学出版）

第五章　何ごともほどほどに

1 Morton, Ancren Riwle, 219.

2 Caesarius, Dialogue, 242.（ハイスターバッハのカエサリウス著『奇跡についての対話』、丑田弘忍訳）

3 Morton, Ancren Riwle, 423

4 Clark, Observances in Use . . . at Barnwell, 131.

5 Benedict, Rule, 225.（『聖ベネディクトの戒律』、古田暁訳、すえもりブックス）

6 Kerr, Life in the Medieval Cloister, 122–23.

7 Noëlle Phillips, Craft Beer Culture and Modern Medievalism: Brewing Dissent (Leeds, UK: Arc Humanities Press, 2020), 29.

8 ブリジッドはイラクサ からバターを、樹皮からベーコンをつくり出すこともできた。これらの奇跡や風呂の水をビールに変えた件については以下を参照のこと。

Mary Wellesley, "Exploding Eyes, Beer from Bath-Water and Butter from Nettles," British Library, Medieval Manuscripts Blog, February 1, 2016, https://blogs.bl.uk/digitisedmanuscripts/2016/02/exploding-eyesbeer-from-bath-water-and-butter-from-nettles-the-extraordinary-life-of-brigid-of-kild.html."

湖一杯のビールの件、トマス・ベケット、当時と現在の修道院におけるビールと文化に関する詳細な論考については以下を参照のこと

Phillips, Craft,

9 Clark, Observances in Use . . . at Barnwell, 155, 185.

10 Phillips, Craft, 30.

11 Theodore of Tarsus, "The Penitential of Theodore," in Readings in Medieval History, ed. Patrick J. Geary (Peterborough, ON: Broadview Press, 1989), 277.

12 The Observances of Barnwell Priory mention that people who are hungover should take some time off with the same restful cures prescribed for sadness we saw in chapter three.

バーンウェル修道院の『遵守事項 Observances』によると、二日酔いの修道士には第三章で述べた悲しみを抱えた人と同じく、少し休みをとらせて、のんびりさせるという対処法がとられた。

Clark, Observances in Use . . . at Barnwell, 207.

13 Phillips, Craft, 31.

14 David Bevington, Medieval Drama (Boston, MA: Houghton Mifflin, 1975), 26–29; Falk, The Light Ages, 181.

15 Max Harris, Sacred Folly: A New History of the Feast of Fools (Ithaca, NY: Cornell University Press, 2011), 54–62.

16 Clark, Observances in Use . . . at Barnwell, 49.

17 タル・ベン・シャハーはこれを筋肉増強法に例えて、効率良くストレスに対処し、生産性を高めるために回復時間は不可欠だと述べている。

第四章　外の世界に目を向けよう

1　Nicholas Orme, Medieval Children (New Haven, CT: Yale University Press, 2003), 227.

2　Clark, Observances in Use . . . at Barnwell, 175.

3　Orme, Medieval Children, 227.

4　Levi Roach, "Forgeries in the Middle Ages with Levi Roach," The Medieval Podcast, produced by Daniele Cybulskie, February 18, 2021, https://themedievalpodcast.libsyn.com/forgeries-in-the-middle-ages-with-levi-roach.

5　Jocelin, Chronicle, 36.

6　前掲書 , 94–97.

7　多くの場合、町中に時計を設置する必要はなかった。教会の鐘の音が届く範囲の住民は、それで時刻がわかったからだ。

8　数世紀経つと、修道士は時課の時間も世界的基準となった60分1時間も、時計やアストロラーベなどの手段を使って認識するようになった。時間管理と、中世において科学的革新と修道院の生活および思想とが密接に関連しながら現代文化の基礎を築いていった経緯に関する読みやすく、詳細な情報については以下の書籍を参照のこと。
Falk, The Light Ages.

9　Carole Rawcliffe, "A Marginal Occupation? The Medieval Laundress and Her Work," Gender and History 21, no. 1 (April 2009), 151, https://doi.org/10.1111/j.1468-0424.2009.01539.x.

10　Carole Rawcliffe, Urban Bodies: Communal Health in Late Medieval English Towns and Cities (Woodbridge, UK: Boydell Press, 2013), 313–39; Orme, Medieval Children, 86.

11　中世の修道女の歯に青い塗料の跡が見つかったことから、修道女も本を作成していたことが判明した。
Anita Radini, Monica Tromp, Alison Beach, E. Tong, Camilla Speller, Michael McCormick, J. V. Dudgeon, Matthew Collins, F. Rühli, Roland Kroeger, and Christina Warinner, "Medieval Women's Early Involvement in Manuscript Production Suggested by Lapis Lazuli Identification in Dental Calculus," Science Advances 5, no. 1 (January 2019), doi:10.1126/sciadv.aau7126.

12　中世の写本とその製作過程の詳細な情報に関しては、以下を参照のこと。
Christopher de Hamel, Medieval Craftsmen: Scribes and Illuminators (Toronto: University of Toronto Press, 1992).

13　ジャック・ハートネルは「口は聖なるものが行き来するための重要な接点である」と述べている。
Hartnell, Medieval Bodies: Life and Death in the Middle Ages (New York: W. W. Norton & Co., 2018), 75

離したいために厳しい罰を与えた！Caesarius, Dialogue, 189.（ハイスターバッハのカエサリウス著『奇跡についての対話』、丑田弘忍訳）

20 Caesarius, Dialogue, 323.（ハイスターバッハのカエサリウス著『奇跡についての対話』、丑田弘忍訳）

21 隠遁者であるジュリアンは、事実上死者と見なされていて、隠遁生活に入る際に儀式の一環として宗教上の葬儀も行われていた。『隠遁者の戒律 The Ancrent Riwle』などの書物には、死者とされた者が生者と交流するのを目にするのは奇妙だという記述がある。同様に、おそらくジュリアンも死者は書物の著者と名乗るべきではないと考えたのだろう。

22 Clark, Observances in Use . . . at Barnwell, 87.

23 Ben-Shahar, Happier, 10.（タル・ベン・シャハー著『Happier：幸福も成功も手にするシークレット・メソッド』、坂本貢一訳、幸福の科学出版）

24 Caesarius, Dialogue, 223–24.（ハイスターバッハのカエサリウス著『奇跡についての対話』、丑田弘忍訳）

25 Clark, Observances in Use . . . at Barnwell, 205–7.

26 Morton, Ancren Riwle, 229.

27 Ben-Shahar, Happier, 93（タル・ベン・シャハー著『Happier：幸福も成功も手にするシークレット・メソッド』、坂本貢一訳、幸福の科学出版）; Olff, Langeland, and Gersons, "Effects," 460–61; Bartone, Krueger, and Bartone, "Individual Differences," 540.

多くの研究から、同じことを繰り返し考え続けると、メンタルヘルスと気分に悪影響を与えることが証明されている。ケイティ・A・マクラフリンとスーザン・ノーレン・ホークセマによると、「青少年でも大人でも、気分の落ち込みと不安が重なった症状の原因のかなりの部分を占める」そうだ。

McLaughlin and Nolen-Hoeksema, "Rumination as a Transdiagnostic Factor in Depression and Anxiety," Behaviour Research and Therapy 49, no. 3 (March 2011): 186–93, https://doi.org/10.1016/j.brat.2010.12.006.

クス）

11 One of the world's most famous readers, Oprah Winfrey, points to reading as a direct influence on her success: "I can't imagine where I'd be or who I'd be without the essential tool of reading. . . . It gives you the ability to reach higher ground. And keep climbing."
世界で最も有名な読書家のひとりであるオプラ・ウィンフリーは、読書は自分の成功に直接的な影響を与えたと指摘している。「読書は私にとって不可欠なツールであり、読書なしに現在の私は想像できない……読書は自分を高める力、そして、高め続ける力を与えてくれる」
Winfrey, What I Know for Sure (New York: Flatiron Books, 2014), 26.

12 Walter Isaacson, Steve Jobs (New York: Simon and Schuster, 2013), 41.
（ウォルター・アイザックソン著『スティーブ・ジョブズ』、井口耕二訳、講談社）

13 タル・ベン・シャハーはこのことについて「幸福の基盤は、まず不幸を受け入れることだ」と簡潔に述べている。
Dorie Clark and Tal Ben-Shahar, "Happiness, Mental Health, and the Holidays,"
YouTube video, December 17, 2020, 20:23, recorded for Newsweek series Better, https://www.youtube.com/watch?v=owRGyXpetUA.

14 Morton, Ancren Riwle, 339.

15 この現象および関連した研究に関して、手始めに読みやすい記事として以下を挙げておく。
Amelia Aldao, "Why Labeling Emotions Matters: An At-Home Experiment on Emotion
Labeling," Psychology Today, August 4, 2014, https://www.psychologytoday.com/us/blog/sweet-emotion/201408/why-labeling-emotions-matters.

16 Clark, Observances in Use . . . at Barnwell, 121; Sara McDougall, "Bastard Priests," Speculum 94, no. 1 (January 2019): 146.

17 この現象は、キャロライン・ウォーカー・バイナムやルドルフ・M・ベルをはじめとする多くの中世研究者が調査してきた。この名称が適切かどうかはともかくとして、回復法を提供するウェブサイトが多数存在することからもわかるように、宗教と摂食障害の関連は現在も明白だ。

18 Caesarius, Dialogue, 23.（ハイスターバッハのカエサリウス著『奇跡についての対話』、丑田弘忍訳）

19 これは難しい問題だ。本文で修道士の告解に関して取り上げたように、その罪を正すために人名を明らかにすべきときもあるが、告解者に害がおよぶことを考慮して、名前を明らかにすべきでない場合もある。カエサリウスは、司祭の愛人が他の男性と浮気をした話の中でこのことを示している。相手の男が不倫について告解したとき、司祭はふたりを引き

第三章　内面を見つめよう

1　Morton, Ancren Riwle, 161.

2　Julian of Norwich, The Shewings of Julian of Norwich, ed. Georgia
（『神の愛の啓示――ノリッジのジュリアン』、内桶真二訳、大学教育出版）
Ronan Crampton (Kalamazoo, MI: Medieval Institute Publications, 2004), 42; translation my own.

3　Caesarius of Heisterbach, The Dialogue on Miracles, trans. H. Von E. Scott and C. C. Swinton Bland (New York: Harcourt, Brace and Co., 1929), 47.（ハイスターバッハのカエサリウス著『奇跡についての対話』、丑田弘忍訳）

4　Julian, Shewings, 43.（『神の愛の啓示――ノリッジのジュリアン』、内桶真二訳、大学教育出版）

5　瞑想の恩恵に関する研究は広範囲に行われているが、脳機能の永続的変化を含め、さまざまな研究がうまくまとめられているのはこの本だ。
Daniel Goleman and Richard Davidson, Altered Traits: Science Reveals How Meditation Changes Your Mind, Brain, and Body (New York: Avery Publishing, 2017).
（ダニエル・コールマン、リチャード・J・デビッドソン著『心と体をゆたかにするマインドエクササイズの証明』、藤田美菜子訳、パンローリング株式会社）
3 分間呼吸法のエクササイズについては、以下の書籍を参照。
Mark Williams, John Teasdale, Zindel Segal, and Jon Kabat-Zinn, The Mindful Way through Depression: Freeing Yourself from Chronic Unhappiness (New York: Guilford Press, 2007), 182.
（ジョン・ティーズデール、マーク・ウィリアムズ他著『マインドフルネス認知療法ワークブック：うつと感情的苦痛から自由になる 8 週間プログラム』、小山秀之他翻訳、北大路書房）

6　Wallis, Medieval Medicine, 82. に引用されている。

7　Medieval Christians believed that the information was worthwhile despite the sources being non-Christian, as decreed by Saint Augustine. For a more at this, Islamic science in the monastery, and Al-Khwarizmi's name being man gled into becoming the word "algorithm," please see
中世のキリスト教徒は、聖アウグスティヌスが命じたように、非キリスト教徒からもたらされる情報であっても価値があると考えていた。修道院におけるイスラム科学について、そして、アル＝フワーリズミーという名が「アルゴリズム」の語源となったいきさつについてより詳しく知りたい人は、以下を参照。
Falk, The Light Ages, 96, 32.

8　Clark, Observances in Use . . . at Barnwell, 63, 59.

9　前掲書 , 167.

10　Benedict, Rule, 163.（『聖ベネディクトの戒律』、古田暁訳、すえもりブッに目を向けるように、私たちも過去に成功したのだから今回も成功できると思える。そうしてアファメーションの有効性が信じられたなら、将来の成功への土台ができる。
Tal Ben-Shahar, Choose the Life You Want: The Mindful Way to Happiness (New York: Experiment, 2012), 266.（タル・ベン・シャハー著『ハーバードの人生を変える授業 2』、成瀬まゆみ訳、大和書房）

22 Dorie Clark and Seth Godin, "How to Succeed at Creative Work," YouTube video, December 3, 2020, 4:00, recorded for Newsweek series Better, https://www.youtube.com/watch?v=yaNrcAb-7kg

23 『聖ベネディクトの戒律』は最終決定ではなく、各修道院がそれぞれの伝統を作り、例外的な事例には例外を作ればいいと聖ベネディクトは述べている。とはいえ、『戒律』は共同体にとって最も重視されるべき指針となることを意図して作られているのは間違いない。

24 Benedict, Rule, 3.（『聖ベネディクトの戒律』、古田暁訳、すえもりブックス）

25 ジェームズ・クリアーは、成功をもたらす習慣はアイデンティティーと結びついており、儀式によってこの結びつきはより簡単になると強く主張している。
Clear, Atomic Habits: An Easy and Proven Way to Build Good Habits and Break Bad Ones (New York: Avery, 2018)（『ジェームズ・クリアー式複利で伸びる１つの習慣』、牛原眞弓訳、パンローリング株式会社）, 33, 36–37.
タル・ベン・シャハーはこうした自己肯定の儀式を、人間としての幸福全般に貢献するものとして重要視している。Ben-Shahar, Happier: Learn the Secrets to Daily Joy and Lasting Fulfillment (New York: McGraw-Hill, 2007), 8–10.（『Happier：幸福も成功も手にするシークレット・メソッド』、坂本貢一訳、幸福の科学出版）

26 Benedict, Rule, 57.（『聖ベネディクトの戒律』、古田暁訳、すえもりブックス）

動、離婚などの例は「集合的現象（collective phenomenon）」とみなされている。以下の論文を参照のこと。

Monica L. Wang, Lori Pbert, and Stephenie C. Lemon, "Influence of Family, Friend and Coworker Social Support and Social Undermining on Weight Gain Prevention among Adults," Obesity 22, no. 9 (September 2014): 1973–80, https://doi.org/10.1002/oby.20814; Derek M. Griffith, Andrea King, and Julie Ober Allen, "Male Peer Influence on African American Men's Motivation for Physical Activity: Men's and Women's Perspectives," American Journal of Men's Health, November 15, 2012, https://doi.org/10.1177/1557988312465887; Rose McDermott, James H. Fowler, and Nicholas S. Christakis, "Breaking Up Is Hard to Do,

Unless Everyone Else Is Doing It Too: Social Network Effects on Divorce in a Longitudinal Sample," Social Forces 92, no. 2 (December 2013): 491–519, https://doi. org/10.1093/sf/sot096.

15 Benedict, Rule, 135.（『聖ベネディクトの戒律』、古田暁訳、すえもりブックス）

16 この手話については以下を参照のこと。

Alison Ray, "Silence Is a Virtue: Anglo-Saxon Monastic Sign Language," British Library, Medieval Manuscripts Blog, November 28, 2016, https://blogs.bl.uk/digitisedmanuscripts/2016/11/silence-is-a-virtue-anglosaxon-monastic-sign-language.html.

今日の健聴者も聴覚障害者も石鹼を表す手話は理解できるだろうが、「石鹼」と「下着」の手話は、どちらも現在のアメリカの手話とはあまり似ていない。

17 Benedict, Rule, 147.（『聖ベネディクトの戒律』、古田暁訳、すえもりブックス）

18 James Morton (ed. and trans.), The Ancren Riwle: A Treatise on the Rules and Duties of Monastic Life (London: J. B. Nichols and Sons, 1853), 89.

19 Benedict, Rule, 141.（『聖ベネディクトの戒律』、古田暁訳、すえもりブックス）

20 Miranda Olff, Willie Langeland, and Berthold P. R. Gersons, "Effects of Appraisal and Coping on the Neuroendocrine Response to Extreme Stress," Neuroscience and Biobehavioral Reviews 29 (2005): 460–61; Paul T. Bartone, Gerald P. Krueger, and Jocelyn V. Bartone, "Individual Differences in Adaptability to Isolated, Confined, and Extreme Environments," Aerospace Medicine and Human Performance 89, no. 6 (2018): 540,https://doi.org/10.3357/AMHP.4951.2018

21 ポジティブなアファメーションの影響力を強めたいなら、どの方法が効果的だったか考えてみるといい。修道士が過去に赦された（それゆえ、今後も赦されると期待できる）体験著者近藤麻理恵氏は、整理整頓をするときにまず目を向けるべきカテゴリーは衣服だと断言している。必要か不要かの判断を最も下しやすいグループは衣服だと信じているからだ。あらゆるものに「ときめくかどうか」と問いかける近藤氏のやり方には、聖ベネディクトなら顔をしかめ、衣服のような物的所有物にときめきを見出すのは虚栄心かプライドだと主張するだろう。だから、品物をなぜ捨てないのか自問するときは、修道院の原則に従うべきではない。

Kondo, Life-Changing, 65.（近藤麻理恵著『人生がときめく片づけの魔法』、サンマーク出版）

8 中世の人々は、子牛の皮または羊皮から作られた羊皮紙に文字を書いていたので、メモをとろうとすると高くついた。代わりに、簡単なメモをとるときは小型の木製の筆記版か、表面を蜜蠟で覆った蠟版を使った。尖筆を使って蠟の表面に文字を書いたあとは、こすったり、蠟をそっと溶かしたりして文字を消し、繰り返し使った。なお、この修道士の持ち物リストにあるナイフは、護身用ではなく食事に使用するもの。

Benedict, Rule, 181.（『聖ベネディクトの戒律』、古田暁訳、すえもりブックス）

9 Benedict, Rule, 173–75.（『聖ベネディクトの戒律』、古田暁訳、すえもりブックス）

10 Jocelin of Brakelond, Chronicle of the Abbey of Bury St Edmunds, trans. Diana Greenway and Jane Sayers (Oxford: Oxford University Press, 1989), 102–3.

イギリス国立公文書館の「為替コンバーター：1270 − 2017 年」（UK National Archives' "Currency Converter: 1270–2017"［https://www.nationalarchives.gov.uk/currency-converter］）によると、1270 年当時（為替コンバーターが登場するはるか昔だが、ジョン王即位からはわずか七〇年後）、13 シリングは現在の約 475 ポンド（9 万 5000 円）に相当する。現在と同様、王にとっては——特に、費用のかかる取り巻きを引き連れて、修道院で少なくとも 1 泊したあとでは——特に気前のいい寄付ではなかったと思われる。とはいえ、これだけあれば修道士は乳牛を一頭購入するか、熟練した労働者を 65 日雇うことができた。

11 Jocelin, Chronicle, 35.

12 Benedict, Rule, 177.（『聖ベネディクトの戒律』、古田暁訳、すえもりブックス）

13 Clark, Observances in Use . . . at Barnwell, 121.

14 最も親密な 5 人の友人の平均になるという考えの発案者は科学者ではなく、モチベーショナルスピーカーのジム・ローンと言われている。しかしながら、仲間の持つ影響力についてはこれまで広く研究が行われていて、体重の減少や増加、身体的運

15 カナダのグリーン葬協会（Green Burial Society）によると、グリーン葬では「エンバーミング（死体防腐処理）は行わず、直接地中に埋葬し、環境に配慮しながら土に還して保存し、共同追悼式を行い、土地を最適化利用する」とある。この件とグリーン葬の概要については以下を参照のこと。

Chloe Rose Stuart-Ulin, “Green Burials: Everything You Need to Know about the Growing Trend,” CBC, October 29, 2019, https://www.cbc.ca/life/culture/greenburials-everything-you-need-to-know-about-the-growingtrend-1.5340000.

第二章　ミニマリズムを取り入れよう

1 Elizabeth Gillan Muir, A Women's History of the Christian Church: Two Thousand Years of Female Leadership (Toronto: University of Toronto Press, 2019), 81.

2 Quoted in Clark, Observances in Use . . . at Barnwell, 5.

3 ある年代の修道院には、この方法が現実的とは言えないところもあった。歴史家セブ・フォークによると、1380年の聖オルバン修道院では、修道士58人中23人が「ジョン」という名前だった。

Falk, The Light Ages: The Surprising Story of Medieval Science (New York: W. W. Norton & Co., 2020), 15. See also Kerr, Life in the Medieval Cloister, 59.

4 Benedict, Rule, 179–81.（『聖ベネディクトの戒律』、古田暁訳、すえもりブックス）

5 『聖ベネディクトの戒律』の英訳書の中で、翻訳者ブルース・L・ベルナルデは、スカプラリオとは「肉体労働の際に他の衣服が汚れたり破れたりするのを防ぐためのオーバーシャツ、スモック、エプロンのような衣服」と説明している。頭巾付きのものもあったと追記している。

Benedict, Rule, 264, 179.（『聖ベネディクトの戒律』、古田暁訳、すえもりブックス）

6 Kerr, Life in the Medieval Cloister, 45.

7 『人生がときめく片づけの魔法』の

601–11, https://doi.org/10.1016/j.apjtb.2015.05.007.

10 Nicholas Everett (trans.), The Alphabet of Galen: Pharmacy from Antiquity to the Middle Ages (Toronto: University of Toronto Press, 2014), 231, 38, 201, 147; Faith Wallis, Medieval Medicine: A Reader (Toronto: University of Toronto Press, 2010), 103.
植物の抗細菌性に関する研究を分析すると、特に口腔内の治療にカモミールを使用した場合に期待できる結果が出ている。オレガノ、ローズマリー、バジルといった身近な植物も、抗細菌性の兆候を示している。
François Chassagne, Tharanga Samarakoon, Gina Porras, James T. Lyles, Micah Dettweiler, Lewis Marquez, Akram M. Salam, Sarah Shabih, Darya Raschid Farrokhi, and Cassandra L. Quave, "A Systematic Review of Plants with Antibacterial
Activities: A Taxonomic and Phylogenetic Perspective," Frontiers in Pharmacology 8 (January 2021), https://doi.org/10.3389/fphar.2020.586548.

11 『ガレノスの薬草学大全 The Alphabet of Galen』はクロミグワ（Morus nigra）の使用を推奨しているが、ネズミを用いた実験で火傷の治療に効果が見られたのは、マグワ（Morus akba）の抽出成分である。
Landsberg, Medieval Gardens, 41; Everett, Alphabet of Galen, 291; Nitish Bhatia, Arunpreet Singh, Rohit Sharma, Amandeep Singh, Varinder Soni, Gurjeet Singh, Jaideep Bajaj, Ravi Dhawan, and Balwinder Singh, "Evaluation of Burn Wound Healing Potential of Aqueous Extract of Morus alba Based Cream in Rats," Journal of Phytopharmacology 3, no. 6 (November–December 2014): 378–83.

12 Clark, Observances in Use . . . at Barnwell, 203.
前にも触れたように、ショウガは吐き気を緩和した。他にも、シナモンは咳に、シャクヤクはてんかんや悪夢に効果があると信じられていた（これらの治療法は自分で試さず、医者の診断を受けていただきたい）。
Efraim Lev and Zohar Amar, Practical Materia Medica of the Medieval Eastern Mediterranean According to the Cairo Genizah (Boston: Brill, 2008), 145, 235–36.

13 Peter Damian, "The Monastic Ideal," in The Portable Medieval Reader, eds. James Bruce Ross and Mary Martin McLaughlin (New York: Viking Press, 1962), 53.

14 Mary Imelda Horback, "An Annotated Translation of the Life of St. Thomas Becket by Herbert Bosham (Part One)" (master's thesis, Loyola University, 1945), 11; David Townsend, Saints' Lives, vol. 1, Henry of Avranches (Cambridge, MA: Dumbarton Oaks Medieval Library, 2014.), 255; Lauren Johnson, The Shadow King: The Life and Death of Henry VI (New York: Pegasus Books, 2019), 550.

第一章　修道士の健康と植物

1 Sylvia Landsberg, Medieval Gardens (London: Thames & Hudson, 1996), 36.

2 Paul Meyvaert, "The Medieval Monastic Garden," in Medieval Gardens, ed. Elisabeth B. MacDougall (Washington, DC: Dumbarton Oaks, 1986), 45.

3 ランズバーグは、修道士は「水の3つの状態、すなわち、噴出口で泡だっている状態、浅い箇所で一面に波立っている状態、深い箇所で静かに動かない状態」を黙想することで、三位一体について考えたと書いている。

Landsberg, Medieval Gardens, 58–60, 41. Meyvaert, "The Medieval Monastic Garden," 52. も参照のこと。

4 Tina Bringslimark, Terry Hartig, and Grete Grindal Patil, "Psychological Benefits of Indoor Plants in Workplaces: Putting Experimental Results into Context," HortScience 42, no. 3 (June 2007): 581–87, https://doi.org/10.21273/HORTSCI .42.3.581; Roger Ulrich, "Health Benefits of Gardens in Hospitals," paper presented at Plants for People conference, January 2002, https://www.researchgate.net/publication/252307449_Health_ Benefits_of_Gardens_in_Hospital.

5 Landsberg, Medieval Gardens, 41.

6 Benedict of Nursia, The Rule of Saint Benedict, trans. Bruce L. Venarde (Cambridge, MA: Dumbarton Oaks Medieval Library, 2011),（『聖ベネディクトの戒律』、古田暁訳、すえもりブックス）

7 修道院の肉、魚、ウナギに対する考え方（性的な含蓄も含めて）の概要については、以下のポッドキャストを参照のこと。

John Wyatt Greenlee, "Medieval Eels with John Wyatt Greenlee," The Medieval Podcast, produced by Daniele Cybulskie, November 1, 2020,
https://www.medievalists.net/2020/11/medieval-eels-john-wyatt-greenlee/.

8 Francesco Sofi, Rosanna Abbate, Gian Franco Gensini, Alessandro Casini, "Accruing Evidence on Benefits of Adherence to the Mediterranean Diet on Health: An Updated Systematic Review and Meta-Analysis," American Journal of Clinical Nutrition 92, no. 5 (November 2010): 1189–96, https://doi.org/10.3945/ajcn.2010.29673; Richard Hoffman and Mariette Gerber, The Mediterranean Diet: Health and Science (Chichester, UK: Wiley-Blackwell, 2012), 1.

9 ペパーミントオイルの効能は、メントール（この名はラテン語で「ミント」を表す言葉に由来する）から生じていると思われる。

Babar Ali, Naser Ali Al-Wabel, Saiba Shams, Aftab Ahamad, Shah Alam Khan, and Firoz Anwar, "Essential Oils Used in Aromatherapy: A Systematic Review," Asian Pacific Journal of Tropical Biomedicine 5, no. 8 (August 2015):

原注

序章　規則に従って

1　一般的な修道生活に関する本章では、ジュリー・カーの著書を参考にした 。修道院の生活について詳細に述べられているので、より詳しい情報を求める人は必読書だ。Julie kerr, Life in the Medieval Cloister (New York: Continuum, 2009)

2　エドワード一世の娘メアリーは6歳で初誓願を立てたが、これはきわめて異例だった。続いて12歳で正式な誓願を立てたが、これも標準と比べると少なくとも4年早かった。これはメアリー自身の意志ではなく、祖母の希望だった。メアリーの父親は、メアリーの母親エリナー・オブ・カスティルが猛烈に反対を申し立てたが、却下したと認めている。Kelcey Wilson-Lee, Daughters of Chivalry: The Forgotten Children of Edward I (London: Picador, 2019), 54, 58.

3　Shannon McSheffrey, "Sanctuary with Shannon McSheffrey," The Medieval Podcast, produced by Daniele Cybulskie, January 22, 2020, https://themedievalpodcast.libsyn.com/website/sanctuary-with-shannon-mcsheffrey.

4.　John Willis Clark (trans.), The Observances in Use at the Augustinian Priory of S. Giles and S. Andrew at Barnwell, Cambridgeshire (Cambridge, UK: Macmillan and Bowes, 1897).
アウグスチノ修道士は、厳密に言えば托鉢修道士だが、本書を読むとわかるように、バーンウェル修道院のアウグスチノ修道士は、一般の修道士と同様に修道院の中で生活しており、その規則と活動はベネディクト修道会ときわめてよく似ていた。中世の詳細な日常生活の概要に関して現在入手可能な情報源は比較的少なく、上記の書籍はきわめて詳細な情報源であるため、本書では修道士の生活を描くための情報源としてこの本を選択した。

5　Clark, Observances in Use . . . at Barnwell, 125.

6　Kerr, Life in the Medieval Cloister, 110.

【や】

【ら】

【わ】

【な】

【は】

【ま】

索引

Illustration Credits

The Met Cloisters, New York: pp. 32, 33 (left), 41, 59, 63, 67, 95, 138, 143, 151;
The Metropolitan Museum of Art, New York: pp. 50, 57, 62, 91;
Walters Art Museum, Baltimore © 2021, used under a Creative Commons Attribution-Share Alike 3.0 Unported License: pp. 7, 13, 37, 39, 47, 49, 73, 81, 88, 90, 92, 97, 99, 102, 125, 133, 136, 139(bottom), 140, 145, 147, 161, 167;
Wikimedia Commons: pp. 20, 21

【著者】ダニエル・サブルスキー（Danièle Cybulskie）

歴史家、作家。トロント大学で英文学修士号を取得、中世文学とルネサンス演劇が専門。著書『The Five-Minute Medievalist』はアマゾンのカナダチャート（西洋史）で1位を獲得し、Medievalists.net やいくつかの国際的な雑誌で紹介された。元大学教授（モホーク大学など）であるダニエルは、現在オンタリオ州の9つのカレッジで講義している。

【訳者】元村まゆ（もとむら・まゆ）

同志社大学文学部卒業。翻訳家。訳書としてターンブル『海賊の日常生活』、ストーン『「食」の図書館　ザクロの歴史』、タウンセンド『「食」の図書館　ロブスターの歴史』、ブランソン『DotCom Secrets』、クラーク『SKY PEOPLE』などがある。

HOW TO LIVE LIKE A MONK
Medieval Wisdom for Modern Life
by Danièle Cybulskie

中世《ちゅうせい》ヨーロッパの修道士《しゅうどうし》とその生活《せいかつ》

●

2025年3月20日　第1刷

著者…………ダニエル・サブルスキー

訳者…………元村《もとむら》まゆ

装幀…………伊藤滋章

発行者…………成瀬雅人

発行所…………株式会社原書房

〒160-0022 東京都新宿区新宿 1-25-13
電話・代表 03（3354）0685
http://www.harashobo.co.jp
振替・00150-6-151594

印刷…………シナノ印刷株式会社
製本…………東京美術紙工協業組合

ISBN978-4-562-07513-3, Printed in Japan